সাতকাহন

গল্প আর গল্প

শ্রীরবীন্দ্রনাথ হালদার

ভূমিকা

ভূত আর প্রেম - এই নিয়েই তো এখনকার জগৎ মেতে আছে। সিনেমা, থিয়েটার এবং অন্যান্য বিনোদনের জগতে তো এদের প্রাধান্যই বেশি। মানুষ যেটা জানে না, তার ওপরেই মানুষের আকর্ষণই বেশি। মৃত্যুর পর কি হয়, মানুষ কোথায় যায় কেউ জানে না। যোগীদের বক্তব্য বোঝা সাধারণ মানুষের কম্মো নয়। এই জটিল প্রশ্নের উত্তর বিজ্ঞানীরাও দিতে অক্ষম। সুতরাং এখন কল্পনার আশ্রয় নেওয়া ছাড়া কোনো উপায় নেই। যে যেরকম ভাবেই নিক না, টাকাপয়সা যথেষ্ট রোজগার হলেই হল। তাই নানান ধরণের ভয় মিশ্রিত কাহিনীর উদ্ভব। গা শিরশিরানিটা বেশ লাগে বিশেষ করে নিরাপদ জায়গায় থেকে সেই সব কাহিনী শুনলে। ভয় সাধারণের মনে জন্ম থেকেই আশ্রয় নেয়। নানান ভৌতিক কাহিনী নানান লোকের মনে ভিন্ন ভিন্ন পথ আশ্রয় করে তার ভেতরের ভয়কেই আরো উস্কে দেয়।

আর প্রেমের সম্বন্ধে তো কোন কথা হবে না। সত্যিকারের প্রেমের সংজ্ঞা জানা নেই। তাই আগ্রহ সকলের বেশি। প্রেমের বদলে দেহজ কাম মেটানোর তাগিদে সৃষ্টি হয়ে চলেছে নানা ধরণের নিম্নস্তরের ও সস্তার বিনোদন। যুগের হাওয়াকে অস্বীকার করা যায় না তাই ভূত আর প্রেমের কাহিনী চলতেই থাকবে।

সূচিপত্র

তোপচাঁচির বাংলো

যে গল্পটা লিখতে যাচ্ছি তা সবটাই সত্য ঘটনা। অবলম্বনে নয়।

আজ থেকে প্রায় ২৬ বছর আগের ঘটনা। যতটা মনে পড়ে বলছি। আমার পিসতুতো দাদা একদিন বলল, একটা টাটা সুমো বুক করেছিলাম। আজ পাবো। এটা ten-seater rear-wheel-drive SUV , খুব হার্ডি।
ভাবছি আমরা সবাই মিলে একটা লম্বা ড্রইভে যাই। বলতো কোথায় যাওয়া যায় ? বললাম, এখন তো শীতকাল। কাছে পিঠে বিহারের দিকে গেলে কেমন হয় ? ঠান্ডাটা বেশ পাওয়া যাবে।
ঠিক হল কয়েকদিন পরেই আমার দাদা, বৌদি ও তাদের ছেলে আর আমি, আমার স্ত্রী ও আমার মেয়ে এই ছ'জন আর সঙ্গে দাদার গাড়িচালক কার্তিক। তোপচাঁচি যাব।
ফরেস্ট বাংলো বুক করা হল। তোপচাঁচি তখনও বিহারে, ঝাড়খণ্ড হয়নি। ধানবাদ থেকে মাত্র ৩৭ কিলো মিটার। রোডম্যাপ নেওয়া হল। GPS ছিল না তখন। রোডম্যাপের সাহায্য নিত সবাই।একদিন ভোর ভোর বেরিয়ে পড়লাম। শীতের ভোর, কুয়াশায় ভরা ন্যাশনাল হাইওয়ে ২ তে এসে পড়লাম। দুপাশে ধানখেত, মাঝে মাঝে ফ্যাক্টরি নানা জিনিষের। রাস্তায় একটা ঝুপড়ির মতন চায়ের দোকানে চা

খাওয়া হল। গাড়ী থেকে নেমে ভোরের হাওয়া মুখে চোখে লেগে বেশ লাগল। তখনও পশ্চিম বাংলায় আছি। Sumo গাড়িটা ভাল কিন্তু জোরে চালালে মাথা চালে। দাদাকে বললাম কোম্পানিতে কমপ্লেন করতে।
যাইহোক চা খেয়ে আবার সবাই গাড়িতে উঠল। সঙ্গে ব্রেকফাস্ট ছিল। চিকেন স্যান্ডউইচ, মেওনিজ দিয়ে। সামি কাবাব, বাড়িতে বানানো হলেও দারুণ হয়েছিল। সঙ্গে ছিল কফি। সেটারও সদ্ গতি করা হল। বাংলা ছাড়লাম আসানশোলের পর, বর্ডার পেরিয়ে বিহার। ধানবাদে একটা হোটেলে ফ্রেশ্ হয়ে লাঞ্চ সারা হল। গোবিন্দ ভোগ চালের সুগন্ধি ভাত, মুগের ডাল সঙ্গে গন্ধরাজ লেবু। খাসির মাংসটা রেওয়াজি , কোর্মা কোর্মা , শেষ পাতে রাবড়ি ও মিস্টি। পেটপুরে খেয়ে সবাই খুশী, বিশেষ করে গাড়ি চালক কার্তিক। ভয় একটাই ঘুমিয়ে পড়ার। ওর সঙ্গে বক্ বক্ করতে করতে ৩৭ কি মি দূরে তোপচাঁচি পৌঁছলাম। ফরেস্ট বাংলোতে ঢুকলাম। ব্রিটিশ আমলে তৈরী করা বাংলো....

সামনে ফয়ার মত, গাড়ি এসে দাঁড়াল। তারপর ঢাকা টানা বারান্দা। দুধারে বেতের চেয়ার ঘেরা আর বেতের টেবিল। মাঝখানটা ফাঁকা। তিনটে দরজা। দুপাশে দুটো বেড রুমে ঢোকার আর মাঝখানে বিরাট ডাইনিং হলে ঢোকার। বাংলোর হাতায় নানান ফুলের গাছ ভর্তি।

চৌকিদারের সঙ্গে ফরম্যালিটি শেষ করে ঢুকলাম ডাইনিং হলে। খুব বড় টেবিল।

দুপাশের দেওয়ালের দিকে দুটা বড় বড় সাইডবোর্ড। তার ওপরে রাখা কার্টলারি। ডাইনিং হলের দুপাশে দুটো প্রমাণসাইজের বেডরুম। সঙ্গে টয়লেট, সেও বেডরুমের মত বড়। তারপর দুপাশে দুটো বেডরুম। বাঁদিকের ঘরটা খোলা। ডানদিকের ঘরটা বন্ধ। চৌকিদারকে বন্ধ থাকার কারণ জিজ্ঞেস করায় গুরুত্ব না দিয়ে বলল, বাকি ফার্নিচার সব এই ঘরে আছে। সামনের বাঁদিকের বড় ঘরটায় দাদারা থাকবে, তার পেছনে বাথরুম , তার পরের ঘরে আমরা। ডানদিকের ঘরটায় গাড়িচালক কার্তিক।

আমি বাথরুমে ফ্রেশ হতে গেলাম। তখনও বিকেল। হঠাৎ মনে হল ওপরের স্কাইলাইটের ফাঁক দিয়ে কে যেন উঁকি মারল। স্কাইলাইট দুটো প্রায় দশ ফুট মত উঁচুতে। পাত্তা না দিয়ে দাদার ঘরে ঢুকলাম। বৌদি বাথরুমে ঢুকেই কিছুক্ষণের মধ্যেই বেরিয়ে এল। বললাম , কি হল ? এত তাড়াতাড়ি বেরিয়ে এলে? বৌদি বলল, না কিছু না। তারপর আমার স্ত্রী ও মেয়েও ঐরকম তাড়াতাড়ি বাথরুম থেকে বেরিয়ে

এল। বললাম, কি ব্যাপার বলতো? তোমাদের এতো তাড়া কিসের ছিল ?
প্রথমে সবাই চুপ করে ছিল। তারপর প্রায় একসঙ্গেই বলে উঠল, কে যেন উঁকি মারছিল স্কাইলাইট দিয়ে। আমার কথাটা আর বললাম না। সবাই ভয় পেয়ে যাবে। একে নির্জন জায়গা, তায় সন্ধ্যা নামছে।

সন্ধ্যা নামল । আলোগুলো জ্বালিয়ে দিল চৌকিদার। আমরা সামনের ঢাকা বারান্দায় বসলাম চা খাবার জন্যে।

দার্জিলিং চা, কেউ বলে দুধ দিয়ে খেলে গন্ধটা ঠিক বেরোয়, কেউ কেউ বলে যে বিনা দুধ, চিনিতে স্বাদটা ঠিক পাওয়া যায়। বাংলোর চৌকিদার এসব ভাবতেই পারে না। দুধ চিনি দিয়েই চা করে সুন্দর কাঁচের কেটলির ওপর টিকোজি ঢাকা দিয়ে টেবিলে দিয়ে গেল। বৌদি সকলের কাপে চা ঢেলে দিল। চুমুক দিতে যাব এই সময় একজন লোক ঈষৎ টলায়মান অবস্থায় দাদার পায়ের কাছে এসে বসে পড়ল। সবাই ব্যস্ত হয়ে পড়ল দেখে লোকটি বলল, আমি এখানকার ছোট চৌকিদার।

সবাই হাঁফ ছাড়ল। বলা হল, তুমি কি রাতের সময় দেখাশোনা কর ? লোকটি কান দুটো ধরে বলল, রাম রাম, একথা স্বপ্নেও ভাবার নয়। কারণ জিগেস করায় বলল, সে অনেক কথা বাবু। রাতে এখানে সাহেব মেমেদের রাজত্ব। খানা পিনা, নাচা গানা কত কি হয়!

আর কয়েকবছর আগে দুজন ডাক্তার বাবু এসেছিলেন। একজন ডাক্তার বাবুকে পরদিন ঐ বাথরুমের চৌকাঠে মাথা ফাটা অবস্থায় পাওয়া যায়। কাগজে বেরিয়েছিল, আপনারা দেখেন নি? দাদা বলল, মনে পড়েছে। বলা হয়েছিল খুন। দুজনের নাকি পেশা নিয়ে রেষারেষি ছিল। আচ্ছা কোন টয়লেটে হয়েছিল ব্যাপারটা ? চৌকিদার আঙ্গুল দিয়ে দেখাল যে টয়লেটে সবারই মনে হয়েছিল কে যেন স্কাইলাইট দিয়ে দেখছে। সবাই চুপ করে গেল। ঝিঁঝিঁর ডাকটা আরো প্রকট হয়ে উঠল।

বড় চৌকিদার বেরিয়ে এসে তার অ্যাসিস্ট্যান্টকে এক ধমক। কি হচ্ছে কি? আবার ঐ সব কথা! এখন যা বাকি কাজগুলো করে ফেল। আমাদের দিকে তাকিয়ে বলল, না বাবু , ও মদ খেয়ে ঐ সব কথা বলছে। এখানে উত্তমকুমার শুটিং করতে আসতেন। তবে সামনের বাঁদিকের ঘর ছাড়া থাকতেন না। একবার রুম বুক থাকায় শুটিংই ক্যানসেল করতে হয়ে ছিল। হ্যাঁ, তবে একজন ডাক্তার মারা যান।

যাইহোক, সাহেবরা একটু তাড়াতাড়ি রাতের খাওয়াটা সেরে ফেলুন, আমি যাব একটু দূরে আমার বাড়ি।

আমরা প্রায় একই সঙ্গে বলে উঠলাম, আপনিও থাকেন না? তাহলে রাতে কিছু দরকার হলে?

চৌকিদার বললে, জলটল সব আছে। যদি দরকার হয় তো বাংলোর বাইরে একটা ঝুপড়িতে একজন পাহারাদার আছে। একবার রাতে ঘুরে যায়।

এই বলে চৌকিদার রাতের খাবারের ব্যবস্থা করতে গেল। ছোটজন বলল, কিছু বখশিস্ হবে না সাহেব? বখশিস্ পেয়ে সে ও চলে গেল।

আমার শরীরটা দুপুর থেকেই ম্যাজ ম্যাজ করছিল। বলতে একটা প্যারাসিটামল পাওয়া গেল। দেশী মুরগীর ঝোলতো আর ছাড়া যাবে না। চৌকিদার বলেছিল আমাদের জন্যে নিয়ে এসেছে।

ডাইনিং টেবিলে সবাই বসলাম। সেই মুরগীর ঝোলের স্বাদ আজও ভুলিনি। আজকাল নাকি মুরগী আর শকুনের ব্রিড করিয়ে মুকুন বা শুরগী বেচে। ঠাট্টা করলাম, আবার কেউ যেন মুরগী খাওয়া ছেড়ো না। পেটপুরে খাওয়ার পর সবায়ের মন থেকে গা ছম্ ছমে ভাবটা তো গেল। আমার জ্বরটাও কম। দাদার ঘরে গোঁজিয়ে শুতে যাওয়ার আগে দাদা বলল, যত্ত সব গাঁজাখুরি গল্প! যা শুতে যা তোরা। ঘরে গিয়ে শুয়ে পড়লাম সবাই।

রাতে জ্বরটা প্রবল এল। ছটফট্ করছি। দেখলাম কখন খাট থেকে উঠে পড়েছি। স্ত্রী ও মেয়ে ঘুমোচ্ছে। বাইরে নাচ গানের আওয়াজ পেলাম। তবে খুব আস্তে। কোন বিলিতি বাজনা বাজছিল। দেখি যে ঘরটা বন্ধ দেখেছিলাম তার দরজায় তালা নেই। ঠেলে ঢুকলাম দরজাটা। কোন ফারনিচার নেই। ডানদিকে একটা পিয়ানো। আবছা আবছা দেখলাম একজন বসে পিয়ানোতে সুরটা বাজাচ্ছে। আর ঘর ভর্তি সাহেব মেম। কিন্তু ছায়া ছা্য়া সবাই স্লো মোশানে বলরুম ড্যান্স করছে। চোখ চাইলুম দেখি ঘেমে গেছি।

জ্বরটা নেই। খুব সকালে ঘুম ভেঙ্গে ঢাকা বারান্দায় এসে দেখি শ্রীমান কার্তিক দাঁড়িয়ে আছে। তাকে বললাম, কি হল এত সকালে কি করছ তুমি, ঘুম হয়নি?

কার্তিক ফ্যাকাশে গলায় বলল, কাল সারা রাত বাথরুমের মগটা নিয়ে যেন কেউ খেলা করছিল। মগটা অ্যালুমিনিয়ামের, তাই আওয়াজ হচ্ছিল। কতবার যে গিয়ে দেখলাম। কোথ্থাও কেউ নেই। এখানে থাকা যাবে না।

আমারও কাল মনে হচ্ছিল একই কথা। কিছু বললাম না। বললাম আরে ইঁদুর টিঁদুর হবে। দেখ্ না, কি সুন্দর লাগছে। চল্ ঘুরে আসি লেক থেকে। কার্তিক বলল চলুন।

বাংলো থেকে বেরিয়ে বাঁ হাতে তোপচাঁচি লেকের দিকে যাওয়ার রাস্তা। বিশাল লেক। প্রায় ২১৪ একর জমিতে এই কৃত্রিম লেক। নানান ধরণের পাখিদের ভীড়। কিন্তু জায়গাটা শান্ত।

কতরকমের ফুল, কোনোটা পারপল্ তাতে সাদা গোল গোল ছাপ। কোনটা লাল তাতে কালো বুটি।

একটা লজ্জাবতী লতা দেখলাম। হাত লাগালাম ছোটবেলার মত। বন্ধ হয়ে গেল পাতাগুলো। লেকের জলে থিরথির করে ছোট ছোট ঢেউ। দূরে পাহাড়, জঙ্গলে ঢাকা। কাছেই পরেশনাথ পাহাড়। জৈনদের তীর্থস্থান। চমৎকার লাগছে ঘুরতে।

ফিরে এসে দেখি সবাই চা নিয়ে বসেছে। দাদা বলল জ্বর গায়ে কোথায় ঘুরছিস্ ? ঠান্ডা লাগবে যে।

বললাম , জ্বরটা নেই তাই লেকের ধারে বেড়াচ্ছিলাম। কার্তিকের ঘটনাটা বললাম। আর আমার কাল রাতের ঘটনাটা। এখন আমার জ্বর নেই। সবাই বলল চল অন্য কোথাও যাই। সকলের কিন্তু সকালটা ভাল লাগছে। মুখে বললেও কেউ যেতে রাজী হল না।

চৌকিদারকে বললাম, আচ্ছা ঐ বন্ধ ঘরটায় কি একটা পিয়ানো আছে? চৌকিদার অবাক হয়ে মাথা নাড়ল। তখন বলরুম ড্যান্সের কথা শুনে ও বলল, শুনেছিলাম বৃটিশ আমলে নাকি একটা উৎসবের দিনে পর্দায় আগুন লেগে যায়। কেউ বাঁচেনি। সাহেব মেমেরা পুড়ে মারা যায়।

দুপুরের খাওয়াটাও জব্বর। এবার ঝোল নয় ,কষা। দুপুরে সবাই ঘুমোতে গেল। দাদা বলল আজ তোরা আমাদের ঘরে শুবি। দুটো খাট এক্স্ট্রা আছে।

বিকেলে চা খেয়ে পরেশনাথ পাহাড়টা চক্কর দিয়ে এলাম। ফিরে একটু গল্প আড্ডা করে রাতের ডিনার। এবার সাহেবি খানা। স্যুপ দিয়ে শুরু। শেষ হল ক্যারামেল কাস্টার্ড দিয়ে। দাদার ঘরে শুতে গেলাম। বেশ গাঢ় ঘুম সবার।

হঠাৎ দরজায় দুম্ দুম্ আওয়াজ। দাদা বলল, দাঁড়া আমি খুলছি। আমিও গেলাম। দেখলাম কার্তিক দাঁড়িয়ে ঠক্ ঠক্ করে কাঁপছে। ওকে ঘরে ঢুকিয়ে জল খেতে দিলাম। শীতের রাতে দরদর করে ঘামছে।

কি হয়েছে বলতে বলল, বাথরুমের কল দিয়ে জল পড়ছিল।

বললাম, বন্ধ করলে না কেন?

উত্তরে বলল, কোথায় জল? এরকম চারবার হয়রাণ হয়ে যখন শুয়ে পড়লাম, তখন মনে হল ভূমিকম্প হচ্ছে। না, আমার খাটটা ধরে কেউ জোরে জোরে নাড়াচ্ছে। পড়ে গেলাম। পিঠে একটা ঠান্ডা হাতের ছোঁয়া। যেন গলার দিকে এগোচ্ছে। আমি রাম রাম করতে করতে দৌড়ে চলে এলাম এখানে। আমি আর থাকব না। কয়েকটা কম্বল বেশী ছিল। তাই পেতে দেওয়া হল কার্তিকের জন্যে। কার্তিক মুহূর্তে গভীর ঘুমে আচ্ছন্ন হয়ে পড়ল।

পরদিন সকাল হতে পাততাড়ি গোটালাম। তারপর বেশ কিছু বছর তোপচাঁচির ভুতুড়ে বাংলোর কথা

উঠতেই গা শির শির করতো।

হঠাৎ দেখা

অনিকেত ভেবেই রেখেছিল সেকেন্ড হাফের ক্লাসগুলো করবে না। শীতকালে রোদ্দুরে ঘুরে বেড়াতে কার না ভাল লাগে। বিশেষ করে দু'পা হাঁটলেই বোটানিকাল গার্ডেনস্ ডাক নাম বট্-স। বি ই কলেজের ছেলেদের টেনশন রিলিফের স্বর্গ।

খাওয়ার পর ঘরে এসে ঘন আসমানি রঙেরশজামা আর কালো ট্রাউজারটা পরতে পরতে রঞ্জনের উদ্দেশ্য হাঁক পাড়ল,"কি রে হল ?"

রঞ্জন তখন বগলে ডেডোরান্ট মাখতে ব্যস্ত। বলল," এই তো যাচ্ছি।" অনিকেত বলে, "মোজাটা কেচেছিস্ ? না কালকেরটা পরলি? মেয়েগুলো তো গন্ধেই পালাবে। গায়ে না মেখে মোজায় স্প্রে কর।" রঞ্জনের মোজা একটা ব্যাপার। সবাই জানে।

রঞ্জন বলল," কোন রিস্ক নিচ্ছি না গুরু। চপ্পল পড়ছি।।"

"ভাল করেছিস্ কোন চান্স না নিয়ে।"

হাসতে হাসতে বলে অনিকেত।

দুজনেই সিভিল ইন্জিনিয়ারিং নিয়ে পড়ছে । বছর সতেরো আঠারো বয়স। পড়ে সেকেন্ড ইয়ার।

যে বয়সে Love at first sight হরদম হয়। রক্ত গরম, মন স্বপ্নে রঙীন। দুজনেই ভাল ঘরের ছেলে। অনিকেত দক্ষিণ কলকাতার আর রঞ্জন উত্তরবঙ্গের।

দুজনেই স্মার্ট, কিন্তু রঞ্জনের রোমান্টিসিজম্‌টা একটু বেড়ে যায় সামনে যদি কোন মহিলাকে দেখে। একটু ক্যাবলা ক্যাবলাও লাগে।
অনিকেত জিম করে শরীরটাকে দারুণ বানিয়েছে। হাতের গুলি দেখার মত। হাফ হাতাটা আরো এক ফোল্ড গুটিয়ে রাখে ।দেখতে সুপরুষ, হিরো হিরো।

চুলটা আঁচড়েই বেরিয়ে পড়ল দুজনে। সামনেই বট্‌সের গেট। দুজনে গেট দিয়ে ঢুকে পড়ল। কিছুদূর এগোতেই ডানদিকে জলাশয় যাতে বোটিং করা যায়। অনিকেত সাঁতার জানেনা কিন্তু বট্‌সে গেলেই রোয়িং করে। হাতের ব্যায়ামটাও হয়ে যায়। চারিদিকে গাছগাছড়ার ভীড়। অনেক লোকের ভীড়। রঞ্জনের চোখ হাওড়া গালর্স কলেজের মেয়েদের দিকে।
ওরা গ্রুপে আসে। আজ বোটিং করবে বলে এগিয়ে গিযে অনিকেত দেখে কিছু ছেলে, কলেজের মনে হয় না, কয়েকটি মেয়েকে বিরক্ত করছে।অনিকেত এগিয়ে গেল। কলেজের ছেলে হলে চিনতে পারত।
অনিকেত বলে.”কি ব্যাপার?”
মেয়েদের মধ্যে থেকে একজন অনিকেতের দিকে এগিয়ে এল। অনিকেত মেয়েটিকে দেখল, যেন একজন ডানা কাটা পরী এসে দাঁড়িয়েছে তার সামনে। লম্বা, ছিপছিপে, গায়ের রঙ দুধে আলতা, মাথার চুল কোমর ছাড়ানো, টানা টানা চোখের গভীরতায় সামান্য আশঙ্কা।
কিছু কিছু মানুষ থাকে তাদের দেখলেই মনে হয় কত দিনের চেনা। তাদের প্রতি ভালোবাসার টানটা

সহজেই আসে। মেয়েটি বললে, "দেখুন না, খুব অসভ্যতা করছে।"
অনিকেতের হাত নিশপিশ করছিল ছেলেগুলোকে পেটাবার জন্যে। কিন্তু নিজেকে সংযত করল। পাশে রঞ্জন মেয়েদের সঙ্গে কথা বলার জন্যে ধৈর্য্য ধরতে পারছে না।

ছেলেরা অনিকেতের চেহারা দেখে একটু থতমত খেল কিন্তু পিছপা না হয়ে বলল, " আপনার কি? আপনার কি কেউ হয় না কি এরা ?"
অনিকেতের মনে অনেকগুলো প্রশ্ন মুহূর্তের মধ্যে চলে এল। মেয়েটির সঙ্গে চোখাচোখি হতেই অনিকেত প্রেমে পড়ে গেছিল মেয়েটির।
কিন্তু এখন যে প্রশ্নের সম্মুখীন হলো তার উত্তর দিলে আত্মীয়তার সম্পর্ক এসে যাবে। অনিকেত এ সব ব্যাপারে খুব সিরিয়াস। একবার সে যদি আত্মীয়তার সম্পর্ক স্বীকার করে নেয় তো সে সারাজীবন সেটা বজায় রাখবে এমনই তার মানসিকতা।
শান্তি বজায় রাখতে বলে বসল," হ্যাঁ আমার বোন হয়।" রঞ্জন হাঁ।
কিন্তু মেয়েটির মুখের পরিবর্তন কেউ লক্ষ্য করল না, এমন কি অনিকেতও না। মেয়েটি বলে বসল,"দেখ না দাদাভাই, এরা কিছুতেই পিছন ছাড়ছে না।" শুনে ছেলেরা চলে গেল অন্যদের পিছু করতে।
অনিকেত জিজ্ঞেস করল, " নাম কি?""মৃদুলা।" মেয়েটি বলে চলে, " ফার্স্ট ইয়ার আর্টস্। হাওড়া গার্লস্।"

অনিকেত বলে, “দাদাভাই বললে যখন তখন তুমি করেই বলি।”
“ হ্যাঁ, নিশ্চয়ই।”
“ কোথায় বাড়ি?”
“চাকদহ, বাবা বয়েজ হাইস্কুলের হেড মাষ্টার মশাই।” “ বাড়িতে কে কে আছেন?” প্রশ্ন করে অনিকেত। “ বাবা, মা আর ছোট ভাই।”
“ আমিও তোমায় তুমি করে বলি।” মৃদুলা বললে,”চল , বন্ধুদের সঙ্গে আলাপ করিয়ে দিই।” বলে জলের ধারে তার বন্ধুদের কাছে এগিয়ে গেল। রঞ্জনের তর সইছিল না। বললে,” হ্যাঁ, হ্যাঁ, চল চল।” কৃষ্ণা, সুদেষ্ণা, ঝর্ণা, অপরূপা, সুপর্ণা এই ক’জন বন্ধুই ছিল। রঞ্জনের উৎসাহ দেখার মত। কার কি নাম বার বার করে জিজ্ঞেস করল। শেষে সুপর্ণাকে বলল, “আপনি কোথায় থাকেন?” কান এঁটো করা হাসি হেসে রঞ্জন বলে।
“শ্যামনগর” উত্তর দিল সুপর্ণা। একটু দমে গেলেও দমবার পাত্র নয় রঞ্জন।
বলল, ”আমি মালবাজার, উত্তরবঙ্গের ছেলে। গেছেন?” সুপর্ণা মুখটা বেঁকিয়ে বলে,”দার্জিলিং গেছি। মালবাজার টালবাজারে যাই নি।”
রঞ্জন চুপসে গেল। মৃদুলা বলল,” আঃ কি হচ্ছে! ভদ্রভাবে কথা বল্।” সুপর্ণা চুপ করে গেল। অনিকেত চুপ করে ছিল। সুদেষ্ণা একটু খরখরে,” আপনি খুব introvert,না?”
অনিকেতের উদ্দেশ্যে কথাটা ছুঁড়ে দিল! অনিকেত মুচকি হেসে কথাটা উড়িয়ে দিয়ে বললে,” শিভার্লি দেখানোর

তো কিছু হয়নি।” সুদেষ্ণা চুপ করে গেল।
মৃদুলা বলে, ” দাদাভাই তুমি কোথায় থাক?” বাকি বন্ধুরা হেসে লুটিয়ে পড়ল, “দাদাভাই?” বলে। মৃদুলা স্মার্ট, “ছেলেগুলো আবার ঘুরে আসছে কিন্তু।” ওর বন্ধুরা চুপ করে গেল।
মৃদুলার মুখে বিজয়িনীর হাসি। ওদের সঙ্গে কিছুটা সময় কাটিয়ে অনিকেত রঞ্জনকে বলল, “ চল্। বোটিং করতে যাই।”
রঞ্জন গুঁই গাঁই করে উঠে পড়ল। মৃদুলা কাছে এসে বলল,
” যাচ্ছ, তো তোমায় কোথায় পাব?” অনিকেত কলেজের টেলিফোন দাদুর ফোন নম্বরটা দিয়ে বলল,” ফোন করে নাম বোলো। দাদু ধরবেন। টেলিফোন দাদু বলা হয়। উনি খবর দিলে ১০ মিনিট পরে ফোন কোর।”

অনিকেত আর রঞ্জন চলে গেল বোটিং করতে।হাল্কা হলদে রঙ্গের শাড়ীর সঙ্গে ম্যাচিং ব্লাউজে মৃদুলাকে এই গ্রহের কেউ বলে মনে হচ্ছিল না অনিকেতের।

হস্টেলে আজ পাঁঠার মাংস হয়েছে শুনে ডাইনিং হলে খেতে গিয়ে দেখল প্রায় গামছা পরে মাংসের ঝোলের বাটিতে মাংস খুঁজছে বন্ধুরা। কোনরকমে খেয়ে ঘরে এসে সিগারেটে একটা লম্বা টান দিয়ে আওয়াজ করে ধোঁয়াটা বার করে দিল।
সপ্তাহে শুক্রবার করে improved diet বা ID আর মাসের শেষ শুক্রবার Grand Feast.

ID টা তেমন যুত্সই হয় না তবে Grand Feast টা ঘ্যাম। এলাহী ব্যাপার , মাছ, মাংস, দই, রাবড়ি ইত্যাদি ইত্যাদি মায় পান আর বিলিতি সিগারেট।
যাইহোক দুপুরের ব্যাপারটা মনে দাগ কেটেছে অনিকেতের। মন থেকে মৃদুলাকে সরাতে পারছে না। অনেক কষ্টে সম্পর্কটা ছোট বোনের পর্য্যায় ফেলে নিজের মন থেকে প্রেমের ব্যাপারটা সরিয়ে ফেলে নিশ্চিন্ত মনে ঘুমিয়ে পড়ল।

এরপর দু একবার মৃদুলার সঙ্গে দেখা হওয়ার পর একদিন মৃদুলা বলল," দাদাভাই, একটা ব্যাপারে একটু হেল্প করবি?" সম্পর্কটা তুইতোকারিতে পৌঁছে গেছে ততদিনে। এখনকার মত নয়। এখন প্রেমিক প্রেমিকারা তুইতোকারি করে। এটাই এখন চল। তখন এটা ছিল না।
অনিকেত বলল,"এটা আবার জিগেস করছিস্ ? বল কি করতে হবে ?"
মৃদুলা বলে," বাবা আমার বিয়ের ঠিক করছে।"
"সে তো ভাল কথা। বিয়ে করে ফেল্ ।"

মৃদুলা খানিকটা ইতস্ততঃ করে বলে ফেলল,"বাবা যার সঙ্গে বিয়ে ঠিক করেছেন তিনি এখন WBCS পরীক্ষায় বসবেন, আমার থেকে বেশ কিছুটা বড়। চেহারাটা হোঁদল কুতকুতের মত । রঙ মিশমিশে কালো।বাবা বলেন উনি না কি খুব ভালো লোক।" মৃদুলার মৃদু গলা। "আমায় কি করতে হবে?" অনিকেত বলে। মৃদুলা বলে ,"ওকে আমি বিয়ে করব না।" "অনিকেত বলে," নাম কি?" "সুনীল ভট্টচার্য্য।"

মৃদুলা অনিকেতের দিকে তাকিয়ে ওর প্রতিক্রিয়া দেখল।
অনিকেত বুঝল না। বললে,” একবার ডাক্ না, সামনাসামনি বসি।”
সুনীল ভট্টাচার্য্যকে দেখে অনিকেতের মনে হল সে যেন তার কলেজের সিনিয়র সত্যেন হাজরার ছোট ভার্সান দেখছে। রঙটা আরো চাপা।
তিনজন মিলে অ্যামিনিয়া রেস্তোঁরায় গেল। চিকেন চাঁপ, তন্দুরি রুটি আর শেষে ফিরনি দিয়ে খাওয়া শেষ হল। খেতে খেতে অনেক কথা হল ,নানান বিষয়। অনিকেত বুঝল লোকটা সত্যিই ভালো। তবে মৃদুলার সঙ্গে মানায় না।
Beauty and The beast ! অনিকেত কি বলবে মৃদুলাকে? বলারও কিছু নেই, করারও কিছু নেই। করার ছিল, হেডমাষ্টার মশাই এর কাছে গিয়ে সোজা বলা যে আমি মৃদুলাকে বিয়ে করব। কিন্তু দাদা বোনের সম্পর্কটা করে নিজেই সে ফেঁসেছে। বিবেকে বাধল।

বি.ই. কলেজের রিইউনিয়ন এসে গেছে। বিরাট ব্যাপার তখন। সাজো সাজো রব।
আরকিটেক্টচারের ছেলেদের নতুন নতুন ডিজাইন, যে যার ক্যালি দেখাচ্ছে।বাকিদের কাজ সেগুলো যাতে ঠিকমত বসানো হয় তা দেখা, মায় শাবল দিয়ে গর্ত করা। এ তো গেল কলেজের মধ্যে। বাইরে সব বড় কোম্পানিতে কলেজের এক্স স্‌টুডেন্টদের কাছে গিয়ে চাঁদা তোলা। তাতে পরিচয়ও বাড়ে। দিন তিনেক রিইউনিয়নের ঝক্কি। আধুনিক গান, নাটক

ও ক্লাসিকাল (সারা রাত ধরে।) জলসা । আর্টিস্টদের বায়না করা তাদের বাড়ি বাড়ি গিয়ে। সিঙ্গল সিটেড হস্টেলে তাদের বসার ব্যবস্থা। বিশাল প্যাণ্ডেল। সব দিকে নজর রাখতে রাখতে দিশেহারা। ফাঁকিবাজগুলো খালি মজা লুটত। অনিকেতের মত ছেলেরা ধরা পড়ত।
প্রথমদিন প্রাক্তনীদের রেজিস্ট্রেশন,মানে নাম লেখা ও টাকা কালেকশন। ব্যাজ পরিয়ে দেওয়া। তারপর বিজনেস মিটিং। নামকরা লোক সব। নারায়ণ সান্যাল, বুদ্ধদেব দাশগুপ্ত সবাই এই কলেজের ছাত্র। কত বড় বড় নামকরা কোম্পানির মালিক! একসময় স্যার রাজেন মুখার্জীও এখানে পড়েছেন।

প্রথমে বিজনেস মিটিং, গত বছরের হিসাব পড়ে শোনানো। তারপর যে যার বক্তব্য রাখতে ব্যস্ত হয়ে পড়া স্টেজে। হৈ হৈ রৈ রৈ ,বক্তব্য পছন্দ না হলে।তারপর নাটক, বিখ্যাত নাটকের দল । অজিতেশ বন্দ্যোপাধ্যায়, রুদ্রপ্রসাদ সেনগুপ্ত সবাই থাকতেন তাঁদের দলবল নিয়ে। বিখ্যাত নাট্যকার বাদল সরকার মশাইও এই কলেজের প্রাক্তনী।

তারপর রবীন্দ্র সঙ্গীত ও আধুনিক গানের জলসা। সব নামকরা গায়ক গায়িকা। শেষ দিনে ক্লাসিকাল গানের জলসা সারারাত ধরে। উস্তাদ বিলায়েৎ খাঁ সাহেব, উস্তাদ বাহাদুর খাঁ সাহেব, থেকে মোটামুটি নামকরা সবাই।

কে না আসেন নি। কম্বল মুড়ি দিয়ে ছেলেরা শুনত। খুব ঠান্ডা পড়ত। তালে গোলে মৃদুলার কথা মাথা থেকে বেরিয়ে গেল অনিকেতের।

তারপর একদিন মৃদুলার সঙ্গে দেখা করার পর অনিকেত ভাবল চাকদায় গিয়ে proposal টা দিয়েই দিই।
বলল," চল্ চাকদায় যাব।"
মৃদুলার চোখে বিস্ময়! চোখদুটো বড় বড় করে বলল,"যাবি?"
"হ্যাঁ।" অনিকেতের গলায় কি যেন আটকালো।
"চল্।" শিয়ালদহ স্টেশনে গিয়ে দুজনের টিকিট কাটল, নিজের জন্যে একটা রিটার্ণ টিকিটও।
ট্রেণের কামরায় জানালার ধারে বসল দুজনে পাশাপাশি। মৃদুলার চুলের একটা সুমিষ্ট গন্ধ তার গায়ের সুগন্ধের সঙ্গে মিশে অনিকেতের মনের কোণে একটা কষ্ট বোধ হল। এতটা কাছাকাছি কখনই বসে নি তারা।নিজেকে সামলানো মুস্কিল। কিন্তু সামলে নিয়ে বলল, " বাদাম আর ছোলাভাজা উঠেছে খাবি?"
মৃদুলা মাথা নাড়তেই বাদাম আর ছোলা ভাজা কিনল অনিকেত। কামরার সবাই সুন্দর ছেলেমেয়ে দুটোকে দেখছে। অন্য কিছু ভাবতে শুরু করেছিল, কিন্তু ওদের তুইতোকারি শুনে যেন নিশ্চিন্ত হল। তখন এমনই ছিল দিনকাল।
ওরা চাকদহ স্টেশনে নেমে গেল। নেমে অনিকেত চা খেতে চাইল," চা খাবি ?"

মৃদুলা আর কি করে! বলে," খাব।" বসার জায়গায় বসে দুজনে চা খেল সঙ্গে লেড়ে বিস্কুট।অনিকেত ভাবছিল কি করে মৃদুলার বাবাকে কথাটা বলবে। তার থেকে হস্টেলে ফিরে যাওয়া ভাল।

কিছুক্ষণ একথা সেকথা বলার পর অনিকেত বলল," পরীক্ষা এসে গেল হস্টেলে ফিরতে হবে।"

মৃদুলা বলে," এতদূর এলি আর আমাদের বাড়ি যাবি না?"

অনিকেত বলল, "কই তুই তো কোনদিন আসতে বলিস্ নি ", মৃদুলার মুখে কথা সরল না। কি পরিচয় দেবে অনিকেতের ? নিজের বাড়ির লোকেদের কাছে। সবাই ভাববে কলেজে না গিয়ে বট্ সে ঘোরা হয়। তাই সে কোনদিন অনিকেতকে নিজের বাড়ি যেতে বলেনি। অনিকেতও কোনদিন কিছু বলেনি। এই ভেবে মৃদুলা নিজেকে সান্ত্বনা দিল।

ওভারব্রিজটা থেকে নামতেই ডাউন ট্রেণটা এসে গেল। অনিকেত ট্রেণে উঠে জানালা দিয়ে দেখল মৃদুলা হাত নেড়ে টা টা করছে। ট্রেণ ছেড়ে দিল শিয়ালদার উদ্দেশ্যে।

১লা বৈশাখের আগে মৃদুলার সঙ্গে দেখা অনিকেতের। মৃদুলার হাতে একটা লাল ডায়েরী। সুর ডায়েরী।

মৃদুলা বলল," নতুন বছর আসছে। আমি আর কি দেব? ডায়রীই দিলাম, নে।"

অনিকেত ডায়রীটা খুলে দেখল প্রথম পাতায় কিছু লেখা আছে। আর নাম ঠিকানা লেখার জায়গায় মৃদুলার বাবার

নাম আর ঠিকানা।

বছর পঞ্চাশ পর অনিকেত বইয়ের আলমারিতে একটা লাল ডায়রী পেল। সুর ডায়রী। একটু থমকালো অনিকেত। এটা মৃদুলা দিয়েছিল না ?

কৌতুহলী হয়ে পাতা ওল্টায় অনিকেত। মেয়েলী হাতের লেখায় লেখা - "জীবনখাতার এমন অনেক পাতাই শূন্য পড়ে থাকে, তোর মনের মাধুরী দিয়ে তা পূর্ণ করে নিস্ —

দাদাভাইকে আমি।"

অনিকেত ভাবে, কি বলতে চেয়েছিল মৃদুলা? তবে কি মৃদুলা তাকেই চাইত ??

অনেক সুবিধে ছিল অনিকেতের - গাড়ি , সোফার সব। কিন্তু চাকদহ যাওয়া কোনদিনই হয়ে ওঠেনি তার। এখনও মন খারাপের সময় মৃদুলার কথা ভাবলে মনটা কি রকম ভাল হয়ে যায়...................

সমান্তরাল বিশ্ব

Parallel Universe

দমকা হাওয়া

আজকাল শোনা যায় এ জগৎ ছাড়াও অন্য অনেক জগৎ আছে সেখানে এ জগতের যা চরিত্র তার একদম কপি নাকি অন্য জগতেও থাকে। কিন্তু কার্যকলাপ বা ঘটনা আলাদা। অনেকে অবশ্য এই ধারণাকে সমর্থন করেন না।

আমাদের এই গল্পে কিন্তু এরকম ঘটল..............

হঠাৎ ঘুমটা ভেঙ্গে গেল, অনিকেত দেখল তারই ঘরে শুয়ে আছে। কিন্তু পালঙ্কের চারিদিক রজনীগন্ধার মালা জড়ানো। গন্ধে ম ম করছে। ঘরের নাইট ল্যাম্পের মৃদু আলোয় দেখে বিছানাটা গোলাপ ফুলের পাপড়িতে ভরা আর তার মাঝে যেন ম্যাগনোলিয়া গ্র্যান্ডিফ্লোরা বা পারিজাত ফুলের মাধুরী নিয়ে শুয়ে আছে এক সুন্দরী। চটক ভাঙ্গতে মনে পড়ল আজ তো তার ফুলশয্যা।

ভাল করে তাকিয়ে দেখল মৃদুলার মাথার সিঁদুরটা এখনো চওড়া। পরশু তার বিয়ে হয়ে গেছে মৃদুলার সঙ্গে। রিসেপ্সনের ঝামেলা মিটতে রাত হল , তারপর মেয়েদের কত রকমের কায়দা নতুন বর বউকে নিয়ে।শেষে দুজনকে ঘরের ভেতর ঢুকিয়ে দিয়ে হাসাহাসি করতে লাগল। একটু চোখ লেগে গিয়েছিল দুজনের। এখন মন্ত্রমুগ্ধের মত অনিকেত তাকিয়ে আছে মৃদুলার মুখের দিকে। যেমন নিষ্পাপ তেমনি সুন্দর মুখমণ্ডল। চোখদুটো বোজা। চোখের

পাতাগুলো যেন তুলি দিয়ে আঁকা। এখন তো নকল eyelash এর যুগ। তার ওপর ঐ নিঁখুত ঠোঁট দুটো অল্প ফাঁক করা।কপালে চন্দনের কারুকার্য্য আরো সুন্দর করে তুলেছে শ্রাবস্তীর কারুকার্য্যের মত মৃদুলার মুখ।

অনিকেত খুব ধীরে ধীরে নিজের মুখটা নামিয়ে আনল। নিজের ঠোঁটদুটো মৃদুলার স্বল্প ফাঁক করা ঠোঁটের মধ্যে গুঁজে দিল। চোখ মেলল মৃদুলা। তখনকার লোকেরা জানত এই চোখ মেলাটা না কি Greta Garbo র একচেটিয়া ছিল।

অনিকেতও দেখেছে তাঁর সিনেমা। কিন্তু আজ মনে হল আহা কি দেখিলাম, তাহা জন্মজন্মান্তরেও ভুলিব না।

এইভাবে অনেকক্ষণ ছিল। যেন কুমার সম্ভবের হরগৌরী। অনিকেত মুখ তোলার চেষ্টা করতেই মৃদুলার হাতদুটো চুড়ির আওয়াজের সঙ্গে সঙ্গে অনিকেতের গলা জড়িয়ে ধরল। কানের কাছে মুখ নিয়ে বলল,” বাবার সঙ্গে কি কথা বলে তুমি আমায় নিজের করে নিলে, সেটা আমি জানি না। বাবাকে প্রশ্ন করার সাহস আমার ছিল না।বলো না গো ! আর আমার মনের কথা আমি তো কোনদিন বলি নি, তুমি জানলে কি করে ? “

“সেটাতো এমনি এমনি জানতে পারা যাবে না সুন্দরী। Free Lunch বলে কিছু হয় না।” বলে আবার জড়িয়ে ধরল অনিকেত।

“পাবে, তবে সময় মতো। এখন আসল কথাটা বল। জানবার জন্যে আমি পাগল হয়ে যাচ্ছি গো।”

অনিকেত বলতে শুরু করল, "আমি তো একরকম জোর করে তোমাকে নিয়ে তোমার বাড়ি গেলাম। তুমি তো ভয়ে কাঁটা। চলে গেলে ছাদে। ঠায়ে সেখানে রইলে। আমি তোমার মাকে সব কথা খুলে বলতে উনি তোমার বাবার অপেক্ষায় থাকতে বললেন।চা , জলখাবার দিয়ে গেলেন।

তারপর তোমার বাবা স্কুল থেকে এলেন।" এই পর্য্যন্ত বলে দম নিল অনিকেত। "তোমার বাবা বললেন, কাকে চাই? উত্তরে বললাম, আপনাকে।" ওনার চোখ কপালে উঠল, বললেন," তুমি কে?" আমি আমার পরিচয় দিলাম। উনি বললেন , কি মনে করে? মৃদুলাই বা কোথায় ? বললাম, আপনার ভয়ে ছাদে চলে গেছে। হুম্ , বলে বসে বললেন "কি বলছ বল।" বললাম "আমি মৃদুলাকে বিয়ে করতে চাই।" ওনার ধাতস্থ হতে সময় লাগল। " মৃদুলার বিয়ে তো ঠিক হয়ে গেছে।" উনি বললেন। তার উত্তরে বললাম," মৃদুলা ওনাকে বিয়ে করতে চায় না।"

"তাহলে কি চায়?" বললাম,"আমাকে পছন্দ করে। উনি বললেন, "তোমার পাশ করতে তো অনেক দেরী।বিয়ের গ্যারান্টি কে দেবে।" বললাম, "আমার বাবা, মা দেবেন।"

ব্যস্, মোক্ষম অস্ত্রে তোমার বাবা ঘায়েল। পরের সপ্তাহেই আমার বাবা , মা দিদি , জামাইবাবু চাকদায় গেলেন। অনিকেত বললে, "সেদিন কি হয়েছিল আমি জানি না। তুমি বল।" মৃদুলা বলতে লাগল," তোমার মা আমার হাতে সোনার বালা জোড়া পরাতে পরাতে বললেন,"এ রকম বউমাই চেয়েছিলাম।

ভগবান পাইয়ে দিলেন।” বাবা বললেন, “মা তুমি লুচি বেলতে পার?” বললাম,হ্যাঁ।”

তার উত্তরের উনি বললেন, “ গোল গোল , না ভারতবর্ষের ম্যাপ ?” সবাই হেসে উঠল হো হো করে।

তারপর তুমি এলে বর হয়ে। তবে অপেক্ষা করতে হল। মাঝে মাঝে দেখা হত। বড্ড কষ্ট পেয়েছি। এখন সব ভুলে গেছি।”

সমান্তরাল বিশ্ব

বোবা প্রেম

বাবা মায়ের সঙ্গে সিমলা যাচ্ছে অনিকেত। দিল্লী কালকায় , থ্রিটায়ার স্লিপার, শীতকাল। তখন বেডিং নিয়ে যেতে হত, ট্রেণের তরফে শোবার জিনিষ পাওয়া যেত না। ট্রেণে উঠে প্রথম কাজ হল বেডিংটা পেতে ফেলা। বাবা মায়ের বসার জায়গা নরম গদির মত হল।

একদিকেরই তিনটে সিট্ নম্বর। বাঙ্কে শোবে অনিকেত । বাবা, মা মাঝে ও নীচে। টাইম টেবল দেখেছে সে। হাওড়াকে নিয়ে ৩৯ টা স্টেশন , দু'রাত্তির লাগবে। লেট হলে একটু বেলা হবে নয়তো ভোর সাড়ে চারটে। খারাপ লাগত না তখন। এখনকার মত তাড়া ছিল না সকলের সব ব্যাপারেই । নানান স্টেশন, নানান ধরণের খাবার, নানান ধরণের লোক। দেখতে দেখতে কোথা থেকে সময় চলে যেত বোঝা যেত না। বেশ লাগত।

সামনের তিনটে সিটই খালি। ট্রেণ ছেড়ে দিলে।টিকিট চেকার টিকিট চেক করে গেলেন। বলে গেলেন কাল মুগলসরাই থেকে সিটগুলোর বুকিং। এখনকার মত ভীড় থাকত না। কালই সামনের সিটে সকাল ৬ টায় লোক আসবে।

অনিকেতের মা প্লেটের ওপর রাতের খাবার দিচ্ছিলেন। এটা অনিকেতের কেন সকলেরই পছন্দ। বাড়ির খাবারের স্বাদই আলাদা। খাবার পর

অনিকেত প্লেটগুলো ধুয়ে নিয়ে এলো। টয়লেট পরিষ্কার। কতক্ষণ থাকবে কে জানে ?

টয়লেটের সামনে সিগারেটে দুটো টান দিয়ে সিটে এসে দেখে বাবা মা অন্যদিকের টয়লেটে গেছিলেন। এখন শুয়ে পড়েছেন। অনিকেত ওপরের বার্থে উঠে পড়ল। আলো নিভিয়ে শুয়ে পড়ল।
"চায়, চায় " রেলের হকারের আওয়াজে ঘুম ভেঙ্গে গেল অনিকেতের। বলল,"কোন স্টেশন?" উত্তর এল," মুগলসরায় সাব।"
অনিকেত চা নিল। বাবা মা ওঠেননি। চা খেয়ে নামতে গিয়ে দেখল সামনের সিটের যাত্রী হাজির। পিছনে কুলি। কুলি মালপত্রগুলো সিটের নিচে রেখে চলে গেল।অনিকেত ভাবল তাহলে একটা সিটে কেউ উঠল না। ফাঁকাই যাবে। কিন্তু তার ভুল ভাঙ্গল যখন দেখল তারই কাছাকাছি বয়সী একটি মেয়ে সালোয়ার কামিজ পরা এসে ঐ ভদ্রমহিলার পাশে বসল। সাদা সালোয়ার কামিজ, মুখটা দুঃখ দুঃখ, কিন্তু বয়স কম বলে উজ্জ্বল। চোখাচোখি হল, মেয়েটি চোখ নামিয়ে নিল। সুশ্রী দেখতে, চোখের দিকে তাকালে মায়া হয়। অতটা ফর্সা না হলেও ফর্সাই বলা চলে। অবাঙালী যে, তা এক নজরেই বোঝা যায়।

অনিকেত টয়লেট থেকে ফিরে এসে দেখল বাবা,মা উঠে পড়েছেন। বাবা কথা বলছেন সামনের ভদ্রলোকের সঙ্গে। উনি বলছিলেন থাকেন সিমলায়। ব্যবসার কাজে মোগলসরাই এসেছিলেন। এখন

চণ্ডীগড়ে কিছু কাজ সেরে ফিরবেন সিমলায়। সিমলায় তাঁর ম্যানসন অনেকটা জায়গা জুড়ে না কি! বাবা মায়ের চোখ মেয়েটির দিকে পড়তেই ভদ্রলোক বলে উঠলেন, " ও আমার ছেলের বউ। আমাদের বউমা। আমাদের একই ছেলে ছিল।" উত্তরে অনিকেতের বাবা বললেন," ছিল বলছেন কেন?" চোখ মুছতে মুছতে ভদ্রলোক যা বললেন সেটা শুনে অনিকেতদের খুবই খারাপ লাগল। ভদ্রলোক বললেন, "আমার ছেলে বর্ডার ফোর্সের মেজর ছিল। বিয়ের পরের মাসে বর্ডারে যেতে হল। মাথায় গুলি লাগে। বাঁচানো যায় নি। সেই থেকে আমরা তিনজন। ভেবে পাচ্ছি না আমাদের পরে কি হবে?" মেয়েটি অনিকেতের দিকে তাকিয়েই চোখ নামিয়ে নিল। অনিকেত দেখল কেউ লক্ষ্য করেনি। ট্রেণটা মোগলসরাই ছাড়ল।

তখন Delhi Kalka Mail এ dining car থাকত। রেলের লোক ব্রেকফাস্ট এর পর খাবারের অর্ডার নিতে এল। অনিকেতের বাবা মা নিজেদের খাবার খাবেন বললেন। অনিকেত বললে সে dining car এ গিয়ে খাবে। সামনের ওরা নিজেদের আনা খাবার খাবে।দুপুরে dining car এ গিয়ে দেখল ওরই এক কলেজের বন্ধু সম্বরণ সেখানে বসে। কলেজে একই ইয়ারে দুবার ফেল করলে তাকে কলেজ থেকে বেরিয়ে যেতে হত। CNR করে দেওয়া হত মানে Can not repeat ; দুর্ভাগ্যবশতঃ ওর বন্ধুটিরও সেই দশা হয়েছিল। অনিকেতকে দেখে ভীষণ খুশী সম্বরণ। বলল সে এখন না কি দিল্লীতে কোন এক কোম্পানিতে কাজ করে। ভাল আছে। অনেক

পুরোণো কথা হল দুজনের মধ্যে। রাতেও dining car এ দুজনে গল্প করতে করতে ডিনার। মাঝে অবশ্য বাবা মায়ের কাছে ঘুরে এসেছে অনিকেত। টয়লেটের সামনে দুবার দেখা মেয়েটির সঙ্গে। দুবারই মেয়েটি মিষ্টি হেসে তাকিয়েছিল অনিকেতের দিকে। কিন্তু মেয়েদের চোখের ভাষা বোঝা দেবতারও অসাধ্য। অনিকেত তো কোন ছার !দিল্লী আসতে সম্বরণ নেমে গেল, বলে গেল দিল্লী এলে অনিকেত যেন ওর সঙ্গে দেখা করে। ঠিক দিল্লীতে নয় , ফরিদাবাদে।

অনিকেত বাবা মায়ের বিছানাটা ঠিক করে দিয়ে ওপরের বাঙ্কে উঠে গেল। মাথার কাছের আলোটা জ্বালিয়ে বই পড়তে লাগল। তার আগে খেয়াল করেছিল মেয়েটির ওদের দিকের বাঙ্কে উঠে শুয়ে পড়েছে। মাথাটা প্যাসেজের দিকে। অনিকেতের মাথা উল্টো দিকে, পা প্যাসেজের দিকে।

কিছুক্ষণ পড়বার পর অনিকেত বইটা রেখে শুয়ে পড়ল। স্বভাবতঃই চোখের নজরটা গিয়ে পড়ল উল্টোদিকের বাঙ্কের দিকে। তখন কামরায় নাইট ল্যাম্পের নীল আলো জ্বলছে। সমস্ত কামরাটা যেন স্বপ্নপুরী। বিশেষ করে রোমান্টিক মনের মানুষের কাছে।

অনিকেত খুবই রোমান্টিক। সেই অপার্থিব আলোয় দেখল মেয়েটি ওর দিকেই তাকিয়ে আছে। খোলা চুলটা ওর মাথার চারপাশে ছড়িয়ে আছে। মুখের কোমল ভাবটা ভীষণ ভাবে চোখে পড়ছে অনিকেতের। প্রেমে পড়ে গেল অনিকেত।

তার ওপর মেয়েটির করুণ অবস্থা ভেবে, বিয়ের একমাসেই স্বামীহারা। ভাল করে পরিচয়ই হয় নি বোধ হয়। যাই হোক্ , এখন চোখের ভাষাই ভরসা তাদের। কথা বলা যাবে না, সবাই শুনবে।

অনিকেত আর পারল না। ইশারায় প্রশ্ন করল কি হয়েছিল ওর স্বামীর! মেয়েটিও ইশারায় দেখাল বন্দুকের গুলি লেগেছিল ওর স্বামীর মাথায়।

খানিক চুপ করে অনিকেত ইশারা করল নাম কি? মেয়েটি মুখ ফাঁক করে নাম বলল। অনিকেত বুঝল না। শুধু বুঝল শেষের অক্ষরটা "আ"। আরো চেষ্টা করে মনে হল মেয়েটির নাম "বিজয়া",নাও হতে পারে। তারপর অনেক কথাই বলতে চেষ্টা করল দুজনে ইশারা করে। কিছুই বোঝা যাচ্ছে না। কিন্তু দুজনের চোখ দুটো প্রেমে ভরপুর হয়ে উঠল।

হঠাৎ অনিকেতের গায়ে যেন কি এসে পড়ল। কম্বলটায় হাত বুলিয়ে জিনিষটা পেল। চোখের কাছে এনে দেখল একটা মেরজাই, সেতার বাজাতে লাগে। তার মানে মেয়েটি সেতার বাজায়। মেয়েটির মুখ হাসি হাসি। কি সুন্দরই না লাগছে তাকে! শেষ পর্য্যন্ত রহস্যের সমাধান।

অনিকেতের মতই মেয়েটি চাইছে তাকেও। শরীরের মধ্যে শিহরণের মত মনে হল। অচেনা , অজানা একজন মহিলা তার ওপর সম্প্রতি বিয়ের পর পরই স্বামী যুদ্ধে শহীদ হয়েছেন। এরকম একজনের কাছ থেকে প্রেমের আহ্বান !

এ রকম হয় না কি ? আগের জন্ম বলে কিছু আছে না কি? সেসব চিন্তা ছেড়ে অনিকেত ভাবে তাকেও তো কিছু দিতে হয় প্রেমের স্মারক হিসেবে।

মেয়েদের কাছ থেকে সচরাচর প্রস্তাব আসে না প্রথমে। এল তো দেখতেই পাচ্ছে। কিন্তু এখন প্রশ্ন হল কি দেবে মেয়েটিকে এখন ?

খেয়াল হল আরে সে তো ফুল স্লিভ ডাবল কাফ্ শার্ট পরে আছে আর তার সাথ ওভাল সিলভার কাফ্ লিঙ্ক। যেমন ভাবা তেমন কাজ। একটা কাফ্ লিঙ্ক খুলে ছুঁড়ে দিল মেয়েটির দিকে। মেয়েটি কাফ্ লিঙ্কটা হাতে নিয়ে দেখল, মুখটা তার অনির্বচনীয় শান্তিতে ভরে উঠল।"দুধ দুধ", কোনদিন ট্রেণে বা স্টেশনে এই ডাক শোনে নি অনিকেত। এই হাঁকে ঘুম ভাঙ্গতেই দেখে একটা স্টেশনে ট্রেণ থামল আর নীচে তাকিয়ে দেখে মেয়েটি তা লাগেজটা টানার চেষ্টা করছে। ভদ্রলোক আর ভদ্রমহিলা নেমে যাচ্ছেন। অনিকেত বাঙ্ক থেকে নেমে মেয়েটির হাত থেকে লাগেজটা নিয়ে প্ল্যাটফর্মে নামিয়ে ট্রেণে উঠে পড়ল। ট্রেণ কিছুক্ষণ পর চণ্ডীগড় ছেড়ে কালকার দিকে রওনা হল। যতদূর দেখা যায় অনিকেত ও মেয়েটি পরস্পরের দিকে তাকিয়ে রইল.......

সমান্তরাল বিশ্ব

Parallel Universe

শিমলা মিরচি

জাকু পাহাড়ের দেবী ক্যান্টিনের মালিকের সঙ্গে প্রথম দিনই আলাপ হয়ে গেছিল অনিকেতের। কোনরকমে হাঁফাতে হাঁফাতে উঠে ওর কাছেই জল চেয়েছিল অনিকেত।

তারপর দিনে অন্ততঃ দুবার উঠত একদমে। আর আলাপ হয়ছিল দলিত সিং এর সঙ্গে।

লক্কর বাজারে একদিন বেড়াতে বেড়াতে দেখে গাছের গা থেকে কেটে নেওয়া ওভাল শেপের টুকরোর ওপর তার থেকে একটু বেশী বয়সের ছেলে শিমলার আশেপাশের কতরকমের প্রাকৃতিক দৃশ্য এঁকে চলেছে ফটাফট সময় নস্ট না করে। অনিকেত কাছে এসে দাঁড়াতে লোকটি হিন্দিতে যা বলল তার মর্মার্থ হল যে এই কাজের নাম সিমলা আর্ট। গাছের ছাল কেটে শুকিয়ে তার প্লেন দিকটার ওপর আঁকা। অনিকেত নেবে কি না। দাম পাঁচ টাকা করে। অনিকেত দুটো কিনল।

নাম জিগেস করতে বলল তার নাম দলিত সিং। থাকে ছোটি শিমলায়, সঞ্জৌলির পথে কিছুটা গেলেই তার বাড়ি। সেখানে থাকে সে একা। অবিবাহিত সে। তবে তার এই কাজ ভাল লাগে না, পেট চালানোর জন্যে করে। তার ইচ্ছে দিল্লীতে গিয়ে তার ছবির একটা ছোট করে exhibition করে। অনিকেত ভাবে লোকটিকে সাহায্য করতে পারলে সে খুশি হয়। সেই

থেকে দলিত বন্ধু হয়ে গেল। দলিতও ওর সঙ্গে জাকু পাহাড়ে উঠল। ওরা তিনজন। এখন ভীষণ ভীড় হয় মন্দিরে রোপওয়ে হবার পর।

সাত সাতটা পাহাড়ের ওপর শিমলা। পাহাড়গুলো হল ইনভারার্ম, অবজারভেটরি, প্রসপেক্ট, সামার, ব্যান্টনি, ইলিসিয়াম আর জাকু। শেষেরটার মাথায় সে শুয়ে। একটা চাতাল মতন ছিল, তার ওপর শুয়ে শিমলার কথা ভাবছিল। চারিদিক পাইন গাছের জঙ্গলে ভরা। আরো কতরকমের গাছগাছড়ার ভীড়।সঙ্গে নানা ফুলের সমারোহ। অনিকেত পির পঞ্জাল আর ধৌলগিরির দিকে তাকিয়ে হিমালয়ের সৌন্দর্য্যের কথা ভাবছিল। শিমলায় নদী বলতে শতদ্রু, পাব্বার আর গিরি। শিমলার উচ্চতা প্রয় ৭,৪৬৭ ফিট আর জাকুর ৮,০৫১ ফিট। শিমলার উত্তরে কুলু আর মাণ্ডি, পূবে কিন্নর, দক্ষিণে এখনকার উত্তরাখণ্ড ও পশ্চিমে শিরমাউর। ঘুরে দেখার মত আছে রিজ, মল রোড, কুফরি, গ্রীন ভ্যালি,কালীবাড়ি,তারাদেবী মন্দির, অ্যানানডেল, ক্রাইস্ট চার্চ, স্যাডউইক ফলস্ । এগুলো শিমলা আসার আগে সে জেনে এসেছে।

এর মধ্যে বিজয়ার কথা মনে পড়ল। ওর শ্বশুরবাড়ি শিমলায় না ? ভদ্রলোক তাই বলছিলেন।ভাবতে ভাবতে আকাশের মধ্যে নিজেকে হারিয়ে ফেলল অনিকেত।

শিমলায় প্রতিবারই খুব ঠান্ডা পড়ে। এবারেও তার অন্যথা হয় নি। ওভারকোটটা চাপিয়ে বাবা মা কে নিয়ে মল রোডে বেড়াচ্ছিল অনিকেত। একটা দোকানে ঢুকেছিল সে। বেরিয়ে এসে দেখে ট্রেণের

সেই ভদ্রলোক বাবার সঙ্গে কথা বলছেন। বলছিলেন ওনার গরীবখানায় আসতে। প্রাসাদকে গরীবখানা বলছেন। এটাই নাকি রেওয়াজ। অনিকেতের বাবা বললেন,"আজ নয়, কাল যাব।"
উনি বললেন," লোক পাঠিয়ে দেব । চিনতে অসুবিধা হবে না।"
সুইটে ফিরে অনিকেত কিছু বলার জন্যে ইতস্ততঃ করছে দেখে ওর বাবা বললেন, " ইতস্ততঃ করছিস্ কেন অনি।কি বলবি বল্ ।" অনিকেত কিছুক্ষণ চুপ করে থেকে বললে, "বাবা, আমি ঐ মেয়েটিকে বিয়ে করব।" বাবা, মা দুজনেই চুপ করে গেলেন।
তারপর ওর বাবা বললেন আস্তে আস্তে, দেখ তোমায় আমরা বড় করেছি। যথেস্ট পড়াশুনা করিয়েছি, যতটুকু সংস্কার থাকা দরকার তোমার আছে, তুমি বড় হয়ে গেছ।
তুমি ভেবেচিন্তেই কথাটা বলছ। বিয়ে হবে এক শর্তে। বিয়ের পর তুমি ও তোমার স্ত্রী আমাদের সঙ্গে থাকবে। হ্যাঁ তোমার স্ত্রীর যখন মনে হবে তখন শিমলা আসতে পারে। যদি ওর মনে হয়। বাকি কথা ওর শ্বশুরের সঙ্গে হবে কাল। এখন খেয়ে নাও।"
খেয়েদেয়ে সবাই শুয়ে পড়ল। ঠান্ডার দেশ।
পরদিন সকাল দশটার সময় একজন এলেন অনিকেতদের কাছে। বললেন, "শর্মাজি পাঠালেন, চলুন আপনারা।" সত্যপ্রসাদ শর্মা ওনার নাম জানা গেল। যিনি এলেন তাঁর নাম ভীম রাও। অনিকেতরা বেরিয়ে দেখল একটা বিলিতি গাড়ি দাঁড়িয়ে। অনিকেত প্রশ্ন করার আগেই ভীম রাও বললেন," স্পেশাল পারমিশন আছে শর্মাজির জন্যে। চলুন।"

বেশিক্ষণ লাগল না, প্রাসাদোপম অট্টালিকার সামনে এসে দাঁড়াল।একটা টিলার ওপর বাড়িটি। সোজা সিঁড়ি উঠে গেছে বাড়িটায়। পাশ দিয়ে গাড়ি যাবার রাস্তা টিলাটাকে পাক দিয়ে সিঁড়িটা যেখানে শেষ হয়েছে সেখানেই শেষ হয়েছে।

অনিকেতদের নিয়ে গাড়ি সেই রাস্তা ধরে উঠে বাড়ির ফয়্যারে গিয়ে দাঁড়াল।

অনিকেত গাড়ি থেকে নেমে দেখল একপাশে পীরপঞ্জাল আর ধৌলগিরি, মাঝে লালচে নেড়া পাহাড় আর তারপর পাইন গাছের জঙ্গল যতদূর দেখা যায়।

অন্যদিকে সঞ্জৌলির পাইনে ছাওয়া জঙ্গল, তারপর যেন পাহাড়গুলো হাতধরাধরি করে আছে, মাঝে গভীর খাত যতদূর দেখা যায়। অনেক দূরে আবছা সমতল ভূমি।

সঞ্জৌলির দিক থেকে ঝিঁ ঝিঁ পোকার ডাক আর পাইনের শিরশিরে আওয়াজ , পীরপঞ্জাল ও ধৌলগিরির দিকথেকে ঠাণ্ডা হাওয়া, দুইয়ে মিলিয়ে যেন ঝিম্ ধরা ভাব।

অনিকেতের বাবা মাকে গাড়ি থেকে নামিয়ে ভীম রাও বাড়ির ভেতরে নিয়ে গেলেন। পিছু পিছু অনিকেত। কয়েকটা পাথরের সিঁড়ির পরেই হলঘরে ঢুকল সবাই। হল ঘরটা আটকোণা। অক্টাগোনাল ঘরটার মাঝখানে একটা আট ফুট ব্যাসের গোল শ্বেত পাথরের নীচু টেবিল। পায়াগুলো তার দেখার মত। এক একটা বাঘের থাবার মত। মেহগিনি পালিশে কাঠের কাজগুলো আরো ফুটে উঠেছে। তার চারপাশ ঘিরে অরনামেন্টাল গ্রীক চেয়ার সাদা

রঙ করা তাতে সোনালী রঙের কাজ। দূরে আরামপ্রদ সোফাসেট বেশ কয়েকটা।

তার মধ্যে একটা রোমিও জুলিয়েট ফেস টু ফেস সোফা। দেওয়ালে হাল্কা বেইজ রঙের প্ল্যাস্টিক পেইন্ট ঘরটাকে আরো বড় করে তুলেছে। বাঁদিকের দেওয়ালে স্টাফড্ বড়ো শিং ওয়ালা হরিণের মাথা। তারপর তিনটে বড় ওয়েল পেন্টিং।

একটা সত্যপ্রসাদ শর্মার, দ্বিতীয়টা ওনার স্ত্রীর, তৃতীয়টা একটি জোয়োন এবং সুপুরুষ ছেলের। বলতে হল না। ভীম রাও বললেন , ওটা ওনার ছেলে জ্যোতিরাদিত্যের ছবি। বলে চোখ মুছলেন ভীম রাও। তারপর খুব বড় সেগুন কাঠের স্বচ্ছ গালা পালিশ করা দরজা। তিন পাল্লা। তারপর বেলজিয়ান গ্লাসের প্রমাণ মাপের আয়না পোষাক ঠিক করার জন্যে, তার পাশে একটু ওপরে দুটো পেটিট স্টারবার্স্ট সানবার্স্ট গিল্ডেড রেজিন মিরর মুখ দেখার। তারপর ডিজাইন করা ইটালিয়ান টাইলসে মোড়া ফায়ার প্লেস। তার ওপরে দুটো মুখোমুখি রাখা কালো রঙের ব্রোঞ্জের বাঘ।

মাঝে কয়েকটি জানালা, তার চারপাশে তুলি দিয়ে আঁকা কারুকার্য্য। পুরো ঘরের মেঝেতে পুরু কার্পেট। ঘরের মাপে তৈরী করা। ঘরটায় বেশ আরাম দায়ক গরম, অনিকেত ওভারকোটটা খুলতেই একজন এসে নিয়ে গেল। দূরে রাখা কোট স্ট্যান্ডে রেখে দিল।

একজন পরিচারক টেবিলের ওপর কয়েক গ্লাস বাদামের শরবত রেখে গেল।ভীম রাও এগিয়ে এলেন। বললেন আপনারা শুরু করুন, শর্মাজি

এলেন বলে। অনিকেতরা শরবতের গ্লাসে চুমুক দিল। একটু পরে শর্মাজি ও তাঁর স্ত্রী ঘরে ঢুকলেন।সঙ্গে গাঢ় মেরুন রঙের সালোয়ার কামিজে বিজয়া।সদ্য স্নান সেরে এসেছে সে।
শর্মাজি বসতে বসতে বললেন কোন অসুবিধে হয় নি তো আসতে।
অনিকেতের বাবা মা বলে উঠলেন , আরে না না, কি বলছেন! গাড়ি পাঠানোর জন্যে ধন্যবাদ। অনিকেতের বাবা বললেন, শর্মাজি আমার ছেলের একটা আর্জি ছিল। সম্মত হওয়া না হওয়া আপনার মর্জি। শর্মাজি থতমত খেয়ে বললেন ,” বলো বাবা কি বক্তব্য তোমার,শুনি।”
অনিকেত ভণিতা না করে বলে,”আমি বিজয়াকে বিয়ে করতে চাই। আপনার আপত্তি থাকলে আমার কিছু বলার নেই।”
অনিকেতের বাবা মা ছাড়া ঘরের সবাই ভাবতেই পারেনি এ ভাবে অনিকেত কথাটা বিনা সাজিয়ে গুছিয়ে বলে দেবে।
শর্মাজি কিন্তু হেসে উঠে মাথার ওপর হাত তুলে ওপরওয়ালাকে প্রণাম জানালেন। বললেন,” আমরাও চাইছিলাম এটাই ।কিন্তু বলতে পারি নি।” এবার অনিকেতের বাবার দিকে তাকিয়ে বললেন, আপনার অনুমতি পেলে বিয়েটা আগামী সোমবার ঠিক করে ফেলি। অবশ্য শপণ্ডিতজি যা বলবেন। অনিকেতের বাবা বললেন,” মিয়াঁ বিবি রাজি তো ক্যা করেগা কাজী !” বিজয়া মুচকি হাসলে।

শর্মাজি বললেন তাহলে ওদের একটু একলা থাকতে দিই। যদি কিছু কথা বলার থাকে। অনিকেত বলে উঠল, “তার দরকার হবে না।”

শর্মাজি বললেন, “তাহলেতো মিটেই গেল।”

অনিকেতের বাবা বললেন , “বিজয়া মা তো আপনার মেয়ে। সুতরাং বিয়েটা এখানে হলে তো কোন আপত্তির কথা ওঠে না ঠিক, তবে মেয়েকে তো তার শ্বশুর ঘর করতে হবে।

আমরা কলকাতায় যাব ওকে নিয়ে আর রিসেপ্শনের নিমন্ত্রণ থাকল আপনাদের সবার।” শর্মাজি বললেন, আমার একটা কথা বলার ছিল। সবাই উৎসুক হয়ে উঠল।

শর্মাজি বললেন, ”আমাদের পরে এই বাড়ি জমি এবং অন্যান্য স্থাবর অস্থাবর সম্পত্তির অর্ধেক বিজয়া পাবে। আমি অনিকেতকে জ্যোতিরাদিত্যের ছোট ভাই মনে করি। তাই অপর অর্ধেক অংশ অনিকেত পাবে। ওরা দুজনে আশাকরি এ সবের সুরক্ষার ব্যবস্থা করবে। সঙ্গে আমাদের লোকজনেদেরও খেয়াল রাখবে।”

বিয়েতে অনিকেতের তরফ থেকে বাবা ছাড়া আর দুজন বরযাত্রী এল। এক, দেবী ক্যান্টিনের মালিক আর আর্টিষ্ট দলিত। দলিতের হাতের উপহার একটা ব্রাউন পেপারে মোড়া ছিল। ব্রাউন পেপারটা ছিঁড়ে অনিকেতের হাতে উপহারটা দিল। প্লাইইউডের ওপর আঁকা ছোটি শিমলার পাইনের গাছের ভীড়ে দেখা যাচ্ছে একটা একতলা বাড়ী যার ঝুল বারান্দাটা পাহাড়ের খাইয়ের দিকে ঝুলছে।

বেদ মন্ত্রের স্পষ্ট উচ্চারণে শর্মাজির বাড়ি গম্ গম্ করছিল। শেষে দুজনে সাত পাকে বাঁধা পড়ল।

রিসেপশনের পর অনিকেত আর বিজয়া নিজেদের পেল। অনিকেত দেখল বিজয়ার ওড়নাতে যে সোনার ঝুমকোগুলো লাগানো ছিল সেগুলো থেকে একটা সুমিস্ট সুর জাগছে। ওড়না সরিয়ে বিজয়ার মুখখানি দুই তালুর মাঝে রেখে তুলে ধরল। বললে," এখন বলতো তোমার নাম কি ?"

তার উত্তরে বিজয়া ইশারায় জানাল ছোটবেলায় পড়ে গিয়ে মাথায় লাগে। ঈশ্বর তার বাক্ শক্তি নিয়ে নেন। অনিকেতের বুকটা হু হু করে উঠল এই ভেবে যে আগে জানলে আরো বেশি করে তার ভালবাসার ভাঁড়ারটা উজাড় করে দিত। দুহাত দিয়ে বিজয়াকে নিজের বুকের মধ্যে জড়িয়ে ধরে আদর করতে থাকে । অনিকেতের কানের কাছে মুখ এনে কি যেন বলছে বিজয়া। অনিকেত শুনল বিজয়া যেন বলছে আমার নাম তো তোমার মৃদুলা গো...........

প্রতিশ্রুতি

গাড়িটা এসে থামল রতনপুর ষ্টেশনে। একেতো অজ পাড়াগাঁ , তায় আবার অমাবস্যার রাত— আর গোদের ওপর বিষফোঁড়ার মত ঝির্ ঝির্ করে বৃষ্টি পড়ছে ক্রমাগত। চারদিকে ঝুপঝুপে অন্ধকার। খোলা দরজা দিয়ে ট্রেণের জিরো ওয়াটের আলো আর বাইরের ঘনজমাট বাঁধা অন্ধকার মিলেমিশে কেমন যেন একটা গা ছম্ ছমে পরিবেশ। হাওয়াটাও খুব জোরে বইছে, গাছগুলো বশ্যতা স্বীকারের ভঙ্গিতে যেন নুইয়ে নুইয়ে পড়ছে। নামতে গিয়ে অতনু একটু থমকালো। ষ্টেশনটা নেহাতই অতি পরিচিত, তাই নামতে পারল অতনু। অনেকটা নীচুতে প্ল্যাটফর্ম, একরকম লাফিয়েই নামতে হল তাকে। পায়ে একটু চোট লাগল - তা লাগুক, প্রতিশ্রুতি মতো আসতে পেরেছে তো শেষ পর্যন্ত। চিঠিটা যদিও অল্প ক'দিন আগে পেয়েছে সে সন্দীপের কাছ থেকে , তবু এরই মধ্যে ছুটির ব্যবস্থা করে ঠিক সময়মত এসেছে সে। আশা ছিল ষ্টেশনে সন্দীপ থাকবে অন্যান্যবারের মতো ; নাঃ কেউ কোথ্থাও নেই। জোরে একটা হুইসল্ মেরে ট্রেণটা ছেড়ে দিল। এতক্ষণ তার একা বলে মনে হয় নি। হঠাৎ প্রচণ্ড নিঃসঙ্গতা অনুভব করে অতনু।

সাধের ছাতাটা বাগিয়ে ধরে মন ঠিক করে ফেলে অতনু। কারো জন্যে অপেক্ষা করা তা ধাতে নেই, সে

একাই যাবে ঠিক করল। এই তো রেললাইনগুলো পার হলেই বাঁ দিকের কাঁচা রাস্তাটা ধরে খানিক এগিয়ে যেতে পারলেই পুরোনো জলাটা পড়বে। তার উত্তরদিকের রাস্তাটাই সোজা চলে গেছে সন্দীপের বাড়ী বা অতি সাধের অবসর বিনোদনের আস্তানায়। পারেও বটে সন্দীপটা, পয়সাগুলো নষ্ট করার জায়গাও খুঁজে পেল না? গজ্ গজ্ করতে থাকে অতনু। শেষে কি না এই ধ্যাধ্ধেড়ে গোবিন্দপুরে বাড়ি করল! টাকা পয়সা বেশি হয়ে গেলে যা হয় মানুষের, বোধহয় তারা কামড়ায়। অতনুর হঠাৎ খেয়াল হয়, ওর নিজেরও তো ভাল লাগে জায়গাটা— শহর থেকে খুব দূরে না হলেও শহরের যান্ত্রিক যন্ত্রণার হাত থেকে তো রেহাই। যাক্ , এখন লাইনের পাথরগুলোকে কোনমতে কায়দা করতে পারলেই বাঁচোয়া। বাঁ পাটা বেশ মচকেছে। সন্দীপের বাড়িতে গিয়ে প্রথম কাজটা হবে গরম গরম চুণ হলুদ লাগানো। ভাবতে থাকে অতনু। কি যেন নামটা সন্দীপের মালি কাম কেয়ারটেকারের? মনে পড়েছে .... পরেশ।

হঠাৎ একরাশ আলোর ঝলকানি আর ট্রেণের তীব্র হর্ণের আওয়াজ অতনুর চোখ আর কানকে প্রায় অসাড় করে দিল। এত কাছে ড়াউন ট্রেণটা ?? কোনদিকে না তাকিয়েই এক লাফে লাইনটা পেরোবার চেষ্টা করে অতনু। একে পায়ে ব্যথা তায় হাতে ব্যাগ আর তার সাধের ছাতা । যতটা ভেবেছিল ততটা পারল না লাফাতে। তবু প্রাণের দায় বলে কথা, দুমড়ে মুচড়ে পড়ল পাশের কাঁটা ঝোপে। বেশ

খানিকটা সময় অন্ধকারে নিশ্চল হয়ে পড়ে রইলো অতনু। যাক্, বেঁচে আছে এখনও ....

প্রথমটা অসাড় অবস্থায় থাকলেও আস্তে আস্তে সাড় ফিরে এল। হাতড়ে হাতড়ে ছাতাটা পাওয়া গেল বটে কিন্তু হাতের ব্যাগটা আর পেল না অতনু। ভাবল, কাল খুব ভোরে এসে খুঁজলেই হবে, কে আর নেবে ? খুব বাঁচান বেঁচেছে এ যাত্রা! আর নয়, এই শেষ, তাতে সন্দীপ মনঃক্ষুণ্ণ হোক আর না হোক। আর আসছে না সে এ তল্লাটে। প্রায় ধুঁকতে ধুঁকতে সেই ভুতুড়ে জলাটার পাশ দিয়ে যাওয়ার সময় মনে হল কেউ যেন আগে আগে তাকে পথ দেখিয়ে নিয়ে যাচ্ছে। আবছা তারার আলোয় মনে হয় এ আর কেউ নয়, নির্ঘাত, সন্দীপের মালি কাম কেয়ারটেকার পরেশ। ডাকবে কি , অতনুর শরীরের যা অবস্থা, কথা বলতেই ভুলে গেছে যেন। আর ডাকা হল না, মূর্তিটা অন্ধকারে মিলিয়ে গেল। ব্যাটা কোথায় ষ্টেশনে গিয়ে অতনুকে নিয়ে আসবে তা নয়, এই রাতদুপুরে জলার আশেপাশে ঘুরে বেড়াচ্ছে কি মতলবে ? তারপর কোথায় বাড়ির সামনে অন্ততঃ হ্যারিকেনটা বসিয়ে রাখবে তো—

সন্দীপের বাড়ির সামনে অন্ধকার , পরেশ ঘুমিয়ে পড়ল না কি? ক'টা বাজে দেখতে গিয়ে বুঝতে পারে তার হাতে কোনো ঘড়িই নেই। বোধহয় পড়ে গেছে , যাক্ গে! পরেশের এত তাড়াতাড়ি শুয়ে পড়ার মানে কি ? এখন দরজাটা খুললে হয়। সদর দরজায় জোরে ধাক্কা দেয় অতনু। ভেবেছিল সন্দীপ খুলবে।

কিন্তু তার বদলে সন্দীপের কম্বাইন্ড হ্যান্ড শ্রীমান পরেশকে দেখে থতমত খায় অতনু। এই তো জলার পাশে ঘুরছিল। এত তাড়াতাড়ি চলে এসেছে কি করে? তার ভাবভঙ্গী দেখে তাড়াতাড়ি পরেশ এগিয়ে এসে বলে, " আসুন বাবু, আসুন। দাদাবাবুর চিঠি পেয়েই আমি ষ্টেশনে গিয়েছিলাম আপনাকে আনতে। দাদাবাবু আসতে পারবেন না বলে লিখেছিলেন। হ্যারিকেনের তেলটা দেখে বেরোই নি বাবু, তাই নিভে গেল মাঝরাস্তায়। কিন্তু আপনাকে তে দেখলাম না ষ্টেশনে? আপনি কোন ট্রেণে এলেন?" নিজেকে একটু ভিআইপি মনে হল অতনুর, যাক্ কেউ একজন গেছিল তাহলে ষ্টেশনে তাকে আনতে। মনটা একটু নরম হল, বললে, "আরে আর বোলো না পরেশ, আর একটু হলেই তো ট্রেণে কাটা পড়তাম । তোমাদের কারোকে না দেখে অন্যমনস্ক হয়ে লাইনটা পার হচ্ছিলাম। হঠাৎ যমদূতের মতন ডাউন ট্রেণটা এক্কেবারে ঘাড়ের ওপর। ওঃ খুব বাঁচান বেঁচে গেছি। ব্যাগ আর ঘড়িটা কোথায় যে ছিটকে পড়ল খুঁজে পেলাম না। কিন্তু ছাতাটা ছাড়িনি।কাল একবার খুঁজতে যাব খুব ভোরে। এখন আমায় একটু গরম জল করে দাও তো , চানটা সেরে ফেলি। তোমাদের এখানে যা কাদা! "

চান করতে করতে অতনু শুনল পরেশ বলছে, " বাবু তাড়াতাড়ি করুন। ভাতটা গরম গরম খাবেন সঙ্গে পাঁঠার মাংস। চুণ হলুদ গরম করে দেব খাওয়ার পর, যা ব্যথাটাথা আছে সেরে যাবে 'খন।" তাড়াতাড়ি গা মুছে কলঘর থেকে বেরোতেই সামনের খোলা

জানালা দিয়ে টর্চের আলো দেখতে পেল অতনু। ভাবল, যাক সন্দীপটা বোধহয় এল, জমিয়ে দুজনে খাওয়া যাবে। কিন্তু না, সন্দীপের কোনো সাড়াশব্দ নেই। তার বদলে দরজা দিয়ে এক ভদ্রলোক ঢুকছেন, গায়ে গেঞ্জি। বললেন, " কি মশাই , আমায় চিনতে পারছেন তো? আমি হলাম গিয়ে সন্দীপবাবুর প্রতিবেশী; নাম কালীকিংকর সিংহ।" তাড়াতাড়ি হ্যারিকেনের আলোটা বাড়িয়ে নিয়ে একটা চেয়ার এগিয়ে দেয় অতনু। বলে, " আরে কালীবাবু যে, আসুন আসুন। পরিচয় আগেরবারেই তো হয়েছে মশাই। তা এত রাতে ? দরজার ধাক্কাটা কি খুব জোরে হয়ে গেছিল? পরেশের যা ঘুম, উঠতেই চাইছিল না।"

চেয়ারটায় আরাম করে বসতে বসতে কালীকিংকর একটু অস্বস্তিভরে বললেন," আরে না মশাই, এই ঘরে আলো দেখে ভাবলুম সন্দীপবাবু এলেন বুঝি! ওনার সঙ্গে দেখা করে যাই। গত একমাস তো ওনার কোনো পাত্তাই নেই। কত কি ঘটে গেল এখানে ! " একটু দম নিয়ে বললেন," তা' দরজা খুললে কে?" অতনু বিরক্তিভরে বললে," কেন পরেশ খুলে দিলে।" কালীকিংকর কি যেন বলতে যাচ্ছিলেন, তাকে পাত্তা দিল না অতনু। এমনিতেই খিদেটা চাগাড় দিচ্ছিল। অতনু বললে," পরেশ তো ভাত আর মাংস রান্না করেছে। আসুন না , জমিয়ে পরেশের হাতের রান্নার সদ্ গতি করি।"

হঠাৎ বিনা কারণে ঠাস্ করে গালে চড় খেলে যেমন মুখভঙ্গী হয় কালীবাবুর তখন সেইরকম মুখের অবস্থা। বললেন,” পরেশ?” অতনু বেশ জোর দিয়েই বললে,” হ্যাঁ পরেশ। পরেশকে ভুলে গেলেন না কি? সন্দীপের কম্বাইন্ড হ্যান্ড পরেশ। দেখুন না, এখনই খাবার নিয়ে ঢুকল বলে।” কালীকিংকরের অবস্থা তখন দেখার মতো। তাই দেখে অতনু হাঁক দেয়,” পরেশ , কি হল? এই তো তাড়া দিচ্ছিলে খাওয়ার জন্যে। নিয়ে এস এখানে। কালীবাবু এসেছেন। তাঁর জন্যেও এনো।” ফাঁকা বাড়ীটায় অতনুর গলার আওয়াজ গম্ গম্ করে উঠল। পরেশের কোনো সাড়াশব্দ নেই। কোথায় গেল ব্যাটা? তাড়াতাড়ি উঠে রান্নাঘরে মুখ বাড়ায় অতনু। কোথায় ভাত? কোথায় মাংস? আর সবচেয়ে আশ্চর্য্য হল পরেশ কে না দেখতে পেয়ে। সমস্ত বাসনপত্র নিঁখুতভাবে পরিপাটি করে সাজানো কাঁচের আলমারিটার মধ্যে।

একটু হকচকিয়ে গিয়ে সামনের ঘরটাতে ঢুকে একটা চেয়ারে ধপ্ করে বসে পড়ল অতনু। সামনে তাকিয়ে দেখে কালীবাবু ফিক্ ফিক্ করে হাসছেন।অতনু মুখ খোলার আগেই কালীকিংকর মুখ খুললেন,” আর বলবেন না বেচারী পরেশের কথা। রাত্রে জলের দরকারে কুঁয়োটার কাছে গেছিল। জানিনা বোধহয় নেশা টেশা করে থাকবে।

সকালে সাড়া না পেয়ে খুঁজতে খুঁজতে কুঁয়োর কাছে গিয়ে দেখি পরেশের দেহটা ভাসছে কুঁয়োর জলে। যাই হোক , চিন্তার কোন কারণ নেই। আমি এখনই

আপনার খাবার নিয়ে আসছি আমার বাড়ি থেকে। আলোটা একটু বাড়িয়ে রাখুন আর রান্নাঘরের দিকটা বন্ধ করে রাখবেন কিন্তু।"

বলেই কালীকিংকর চলে গেলেন ব্যস্তসমস্ত হয়ে। অতনু ধাক্কাটা তখনও সামলে উঠতে পারেনি। নিজের চোখ কানকে কি করে সে অবিশ্বাস করে! একমনে চোখ বুজে মনটাকে সংহত করার চেষ্টা করছিল তাই বোধহয় ডাকটা শুনতে পায় নি। " বাবু, এই নিন আপনার খাবার, টেবিলের ওপর রাখলাম। খেয়ে দেয়ে শুয়ে পড়ুন। আবার সকাল সকাল ঘড়ি খুঁজতে যাবেন তো? " অতনু চোখ খুলে দেখল পরেশ টেবিলের ওপর তার খাবার গুছিয়ে রাখছে।

মাথার ঝিম্ ঝিম্ ভাবটা তখনো যায়নি অতনুর। একে তো তার শরীরের ওপর দিয়ে ঝড় বয়ে গেছে। তারপর এ বাড়িতে ঢোকার পর থেকেই সব ভুতুড়ে ব্যাপার স্যাপার। ঠিক করতে পারে না কালীকিংকরের কথা ঠিক না পরেশের দেওয়া তার সামনের ভাত আর মাংসের থালাটা সত্যি।

যাইহোক নিজেকে অসম্ভব সংযত করে ঘোলাটে চোখে পরেশকে বলে, " কালীবাবু এসেছিলেন, তোমার সম্বন্ধে কি যেন বলছিলেন!" শুনেই তেলেবেগুনে জ্বলে উঠল পরেশ, " খবরদার বাবু, বাজে কথায় কান দেবেন না। আমি কোনদিনই সহ্য করতে পারতাম না লোকটাকে। খালি পরের নামে নিন্দে আর বাজে কথা ! মরেও অভ্যাস গেল না। "

অতনু সভয়ে বলে উঠল ," সে কি? কালীবাবুর কি হয়েছিল?" " আর বলবেন না বাবু, সময় নেই , অসময় নেই হুট করে বাড়ির ভেতর ঢুকে পড়ে। বাবু বাড়ি নেই, তোর আসার কি দরকার? সে কথা বলায় আমায় ধাক্কা দিয়ে কুঁয়োতে ফেলে দিয়েছিল আর কি! কিন্তু ধম্মের কল বাতাসে নড়ে। আমি সরে গেলাম— সটান পড়ল কুঁয়োর পাড়ে। মাথা ফেটে রক্তারক্তি। তিনদিন ধরে যমে মানুষে টানাটানি। শেষে........

কথাটা শেষ হওয়ার আগেই বাইরে থেকে একটা ফ্যাঁসফেঁসে গলার হাসি ভেসে এল। অতনু চমকে উঠতেই হ্যারিকেনটা মাটিতে পড়ে নিভে গেল। দমকা হাওয়ায় পাল্লাটা খুলে যেতেই অতনু দেখতে পেল কালীকিংকর দাঁড়িয়ে বাইরের দিকে টর্চের আলো ফেলে কি যেন তাড়াচ্ছে। বললে," শেয়ালগুলো বড্ড জ্বালাচ্ছে।" পকেট হাঁতড়ে দেশলাই জ্বালিয়ে হ্যারিকেনটা জ্বালালেন কালীবাবু। ঘরের অন্ধকার কাটতে দেখা গেল পরেশ বেপাত্তা। " তখনই জানতাম, ব্যাটা বিরক্ত করবে আপনাকে, যত্তোসব!" কথাটা কুঁয়োতলার দিকে ছুঁড়ে দিয়ে এগিয়ে গেলেন কালীকিংকর। যেন একটা হেস্তনেস্ত করার জন্যেই তিনি বদ্ধপরিকর। অতনু শুনতে পেল, স্পষ্টই শুনল কুঁয়োর দিকে একটা ধস্তাধস্তির শব্দ। তারপরই ঝুপ করে জলের মধ্যে ভারী জিনিষ পড়ার শব্দ। কি করবে বুঝে ওঠার আগেই ঘরের আবছা আলোয়ে দেখল কালীকিংকর ফিরছে। বললে, "যাক্, ব্যাটার উপযুক্ত শাস্তি দেওয়া গেল। "

বলে অতনুকে বললেন," দেখুন তো মশাই, ঘরে আয়োডিন টায়োডিন আছে কি না! মাথাটা বোধহয় ফেটেছে।" অতনু কোনক্রমে মুখ তুলে তাকিয়ে দেখে কালীবাবুর মাথায় সদ্য আনকোরা ব্যান্ডেজ, রক্ত লাগা। নিস্তেজ হওয়া ছাড়া অতনুর কিছু করার থাকল না। মাথাটা ঘুরতে লাগল আর শুনতে পেল কানের কাছে কালীকিংকরের ফিসফিসানি," ও মশাই, দিন না একটু ওষুধ, মাথাটা যে একেবারে ফেটে গেছে।"

**ট্রেণের জানালা দিয়ে আগে থেকেই ষ্টেশনে ভীড়ের জমায়েত দেখে সন্দীপ আন্দাজ করেছিল নিশ্চয়ই কোন অঘটন ঘটেছে । ষ্টেশনে নামতেই তার প্রতিবেশী ভবানীবাবু যেন একরকম টানতে টানতে নিয়ে গেলেন যেখানে লোকটা কাটা পড়েছিল। চোখ ফিরিয়ে হাউ হাউ করে কেঁদে ওঠে সন্দীপ। অতনুকে সে এ অবস্থায় দেখবে ভাবে নি। ভবানীবাবু বললেন," কাল রাতের ট্রেণে ঘটনাটা ঘটেছে। ব্যাগ আর হাতঘড়িটা ষ্টেশনমাস্টারের কাছে আছে। চলুন, যা হওয়ার তা হয়ে গেছে বাকি যা করণীয় করা যাক।" সন্দীপ জানে অতনুর ছাতা নেওয়ার অভ্যাসটা। ছাতাটা কিন্তু কোথাও খুঁজে পাওয়া গেল না। ভবানীবাবুর তাগাদায় নিজেকে যন্ত্রের মতো চালিত করে চলল ষ্টেশন মাস্টারের ঘরের দিকে।

বাড়ীর সামনে এসে ভেঙ্গে পড়ে সন্দীপ। ততক্ষণে পরেশ ও কালীকিংকরের ব্যাপারটা জানা হয়ে

গেছে। ভবানীবাবু একরকম সঙ্গে করে সন্দীপকে শোয়ার ঘরের খাটের ওপর বসিয়ে দিলেন। কি একটা জিনিষের ওপর যেন বসেছে মনে হল সন্দীপের । তাই দেখার জন্যে হাত বাড়িয়ে সেটা তুলে দেখে তার হাতে অতনুর রক্তমাখা ছাতাটা। এত শোকের মধ্যেও সন্দীপ চমকে উঠে ভাবতে লাগল অতনুর ছাতাটা এখানে এল কি করে? তবে কি? ....কলকাতার বাড়িতে ফিরতে রাত প্রায় দশটা হয়ে গেল সন্দীপের। খেয়েদেয়ে শুতে শুতে রাত এগারটা। বেশ গাঢ় ঘুমে আচ্ছন্ন হয়েছিল সন্দীপ। দরজায় ধাক্কার আওয়াজে ধড়ফড়িয়ে উঠে পড়ল সন্দীপ। ঘড়িতে দেখল প্রায় রাত দেড়টা বাজে। এত রাতে কে আসতে পারে ভাবতে ভাবতে সন্দীপ দরজাটা খুলে দেখল সামনে অতনু দাঁড়িয়ে। ক্ষতবিক্ষত দেহে চোখদুটো ঠেলে বেরিয়ে আসছে। ঘড়ঘড়ে আওয়াজে বলল," আমার ছাতাটা নিয়ে এসেছিস্ সন্দীপ? আমার বড্ড সাধের ছাতাটা রে!" জ্ঞান ফিরতে সন্দীপ অতনুর ছাতাটা খুঁজতে গিয়ে দেখল , ছাতাটা যেখানে রেখেছিল , সেখানে নেই!!

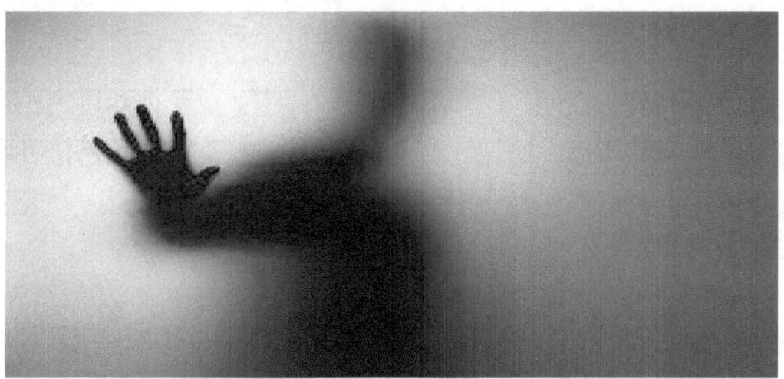

যখ

আকাশের দিকে তাকিয়ে থাকে বিশ্বম্ভর ওরফে বিশু। রোজই মেঘ করে , কড়্ কড়্ করে বাজ পড়ে, দু'পশলা বৃষ্টিও হয়। সে যেন মাটির ওপর পড়েই শুকিয়ে যায়। সে রকম বৃষ্টি হচ্ছে না যাতে সে তার সামনের বিঘে দশেক জমিটাতে ধান রুইতে পারে। ফসল না ফললে সংসার চালানো দায় হয়ে উঠবে। পুরুষানুক্রমে পাওয়া এই জমিটাই তার ভরসা। আর আছে বাড়ির পিছনে কাঠাকয়েক জমিতে ফলের বাগান।

"বিশ্বম্ভর বাবু বাড়ি আছেন?" বারকতক হাঁকটা শুনে অবাকই হল বিশু। এ নামে তো কেউ ডাকে না তাকে! শুধু বিশু বলেই ডাকে। একটু এগিয়ে দেখল একজন সাইকেল থেকে নামছে। "আপনি কি বিশ্বম্ভর ঘোষ ?" বিশু মাথা নাড়তেই লোকটি এগিয়ে এসে বলে, "আমি আর্লিবার্ড ক্যুরিয়ার কোম্পানি থেকে আসছি, চিঠি আছে।" বিশু হাত বাড়াতেই লোকটি বলে, "আপনার সচিত্র পরিচয় পত্র লাগবে।"

ভোটার কার্ডটা সবেমাত্র করিয়েছে বিশু। বাড়ীর ভেতর থেকে সেটা এনে লোকটিকে দিতেই লোকটি

বিশুর আপাদ মস্তক দেখে নিয়ে খামশুদ্ধু চিঠিটা বিশুর হাতে তুলে দিয়ে বললে," সই করুন এখানে।" খামটা মোটাসোটা। কলকাতার এক সলিসিটর কোম্পানির চিঠি। বিশু তো হতভম্ব ! চিঠি দু'একটা সে পেয়েছে বটে তাও সরকারী দপ্তরের খাজনার নোটিশ বা ইলেকট্রিক বিল। ক্যুরিয়ারের লোকটি খানিক ইতঃস্তত করে সাইকেল ঘুরিয়ে পথের বাঁকে মিলিয়ে গেল।বোধহয় বখশিসের আশায় থাকাটা সমীচিন হবে বলে মনে হল না।

প্রতিমাসুন্দরী

মোটা খামটা নিয়ে বিশু এদিক ওদিক তাকাল , নাঃ,কেউ কোথাও নেই। থাকলে দেখতো যে বিশুরও চিঠি আসে। শুধু ইলেকট্রিক বিল আর খাজনার নোটিশ নয়। যাইহোক, খামটা নিয়ে বিশু ঘরের ভেতর চলে এল। বউ সুনয়নী ছেলেটাকে নিয়ে বাপের বাড়ি গেছে কারণ ইদানীং শাশুড়ীর শরীরটা ভাল যাচ্ছে না। এখন তাকে যেতে হবে ওদের আনতে। খামটা ছিঁড়তে ছিঁড়তে ভাবে এসব কথা। চিঠিটা বার করে দেখে কলকাতার সরকার অ্যান্ড মিত্র নামে এক সলিসিটর কোম্পানির প্যাডে তাকেই উদ্দেশ্য করে লেখা চিঠিটা।

বি. এ. পর্য্যন্ত পড়েছিল সে, কিন্তু অসময়ে বাবা সন্ন্যাস নিয়ে ঘরছাড়া হলেন বলে পরীক্ষায় বসতে পারেনি সে। গ্র্যাজুয়েট হওয়া তার আর হল না। গ্র্যাজুয়েট কথাটা শুনতে তার খুব ভাল লাগত। কিন্তু বিধাতা হয়তো অলক্ষ্যে হেসেছিলেন। তাতে তার কোন লজ্জা নেই। কত লোকইতো ইস্কুলের গণ্ডী পেরোতে পারেনি।

চিঠির ইংরেজিটা একটু খটমট। উকিলের চিঠি তো! মোদ্দা কথা সে বুঝল তাকে উকিলের দপ্তরে যেতে হবে অমুক দিন, অমুক সময়ে। কারণ তার পিসীমা প্রতিমাসুন্দরী দেবীর ত্যক্ত সম্পত্তির একমাত্র উত্তরাধিকারী সে। তাই তাকে সব বুঝিয়ে দিয়ে উকিল বাবু দায়মুক্ত হতে চান। পিসীর মৃত্যুর খবর সে পেয়ে তাঁকে দাহ ও তার মুখাগ্নিও করে এসেছে ক'দিন আগে। তবে পিসীর ত্যক্ত সম্পত্তির কথা একবারের জন্যেও তার মনে আসেনি। মোটামুটি নির্লোভী মনের মানুষ সে। তবে সুনয়নী এই সম্পত্তির ব্যাপারে মাঝ মাঝেই খোঁচায়।

পিসীর কথা মনে পড়ে বিশুর। প্রতিমাসুন্দরী নাম ছিল তার পিসীর। সত্যিই প্রতিমার মতো মুখখানি ছিল তাঁর। দেওয়ান নৃসিংহ রায় কেশরী দেখতে এসেছিলেন তাঁর ছেলে হরসুন্দরের পাত্রীর খোঁজে। এতই পছন্দ হয়ে গেল সেইদিনই নৃসিংহ দশ ভরির সোনার হার দিয়ে পাকা কথা দিয়ে গেলেন। পাত্র হরসুন্দর সুশ্রী, স্বাস্থ্যবান, সুঠাম যুবক দুজনকে মানিয়েও ছিল বেশ। এ সবই তার বাবার মুখে শোনা

কথা। খুব ধুমধাম করে পিসীর বিয়ে হয়। সাত গাঁয়ের লোক খেয়েছিল সে বিয়েতে। দোর্দণ্ডপ্রতাপ দেওযান নৃসিংহের ছেলের বিয়ে বলে কথা ! গড়শিব্রামপুরের রাণী সহস্রতিলকও নাকি এসেছিলেন সে বিয়েতে। তাঁরই এস্টেটের দেওয়ান নৃসিংহ। রাণীকে দেখতে,তাঁর রূপোর পাল্কি দেখতে সারা গাঁয়ের লোক ভেঙ্গে পড়েছিল সেদিন। প্রতিমাসুন্দরী শ্বশুরবাড়ি এসে বোঝেন যে তিনিই অন্দরমহলের সর্বময় কর্ত্রী। শাশুড়ী ঠাকরুণ নাকি হরসুন্দরের জন্মের সাথে সাথেই গত হন। বাঁচানো যায় নি তাঁকে। সেই থেকে নৃসিংহের ব্যক্তিগত জীবনে ছেলে হরসুন্দর ছাড়া কেউ ছিল না। ছিল শুধু নুটু মানে নুটবিহারী। পিতৃমাতৃহীন ছেলেটিকে নৃসিংহ স্থান দিয়েছিলেন নিজের বাড়িতে। ঘরদোরের কাজও করবে আবার মা হারা হরসুন্দরের সঙ্গীও হবে। সেই থেকে নুটু রয়ে গেল নৃসিংহের প্রাসাদে।

শ্বশুরবাড়ি অনেকটা জায়গা নিয়ে তৈরী। বড় বড় ঘর, শ্বেত পাথরের মেঝে, বিশাল বিশাল দরজা ও জানালা, চকমেলানো দালান। দালানের দিকটা দক্ষিণে। সামনেই পড়ে দীঘিটা। দুপাশে সুন্দর বাগান। দালানে আরাম কেদারায় কিছুক্ষণ বসলেই ঘুম এসে যায় প্রতিমার। চোখটা বুজে বুজে আসছে , হঠাৎ শুনতে পায় “ মা জননী।” তাকিয়ে দেখে তার সামনেই দাঁড়িয়ে তার দীর্ঘদেহী শ্বশুরমশায়, “ বলছিলাম , বড় একা লাগে না মা তোর এখানে?” প্রতিমা তাড়াতাড়ি ঘোমটাটা টেনে জড়সড় হয়ে

দাঁড়িয়ে পড়ে, " না বাবা, সেরকম কিছু না। কাজে ব্যস্ত থাকলে আর একা লাগে না। আর তা ছাড়া আপনার ছেলে তো আছেন।" "না বৌমা, হরসুন্দর তো লেখাপড়া নিয়ে ব্যস্ত থাকে আর আমি তো রাণীর সেবায় ব্যস্ত। তোমার জন্যে নজর দেওয়ার লোক কই?" বড়ই স্নেহ করেন নৃসিংহ তাঁর বৌমাকে।"তাই মনে করছি, নুটুর একটা বিয়ের বন্দোবস্ত করি, তার স্ত্রী এলে এই সমস্যার একটা সমাধানে পৌঁছতে পারব।তোমার সঙ্গে সঙ্গে থাকবে , ফাইফরমাস খাটবে। তোমার সময় কেটে যাবে মা।" "আপনি যা ভাল বোঝেন বাবা।" ব্যস্ যেমন ভাবা তেমন কাজ ।নুটুর জন্যে পাত্রী জোগাড় করতে দেরী হল না। নুটুর বিয়ে হয়ে গেল।

বিয়ে করে নুটু বাড়ি এল। প্রতিমার খুশী আর ধরে না। দুজনে সমবয়সী বলে সারাদিন দুটিতে কল্ কল্ করে। বাগানে ছুটোছুটি করে, ঘাটের কানায় বসে কত কানাকানি। তারপর যে যার স্বামীর ঘরে চলে যায় আর যে যার টুকিটাকি কাজ সারে। নুটুর স্ত্রীর নাম সিদ্ধেশ্বরী। মা সিদ্ধেশ্বরীর দোর ধরা কি না ! সিদ্ধেশ্বরী আর প্রতিমার ভাব খুব জমে উঠেছে।প্রতিমার নিঃসঙ্গতা বিদায় নিয়েছে সিদ্ধেশ্বরীর সঙ্গে সই পাতানোর পর। দুজনে দুজনের মনের কথা জানে। ক'দিন থেকেই দুজনের শরীরে অস্বস্তি দানা বাঁধতে থাকে। যখন তখন খিদে পায়, মাঝে মধ্যেই বমি বমি ভাব। তেঁতুল গাছে ঢিল ছুঁড়ে তেঁতুল পাড়াটা বেড়ে গিয়েছে। বামনীপিসীকে বলতেই বামনীপিসী আনন্দে আটখানা। কথাটা

কর্তার কানে তুলতেই হবে। মোটা বখশিস্ পাওয়া যাবে নিশ্চয়ই। রান্নার কাজ শেষ করেই বামনীপিসী ছুটল কর্তাকে খবর দিতে। ঘোমটাটা একহাত টেনে ঠারে ঠোরে কর্তাকে জানিয়ে দিল ব্যাপারটা। বখশিস্ ও মিলল খুব জব্বর। বামনী খুশীতে আত্মহারা ! ডাক্তার বদ্যির ডাক পড়ল। যত্ন আত্তি করার জন্যে কাজের লোক বাড়ল। দুবেলা নৃসিংহ খবর নেন প্রতিমার। আর সিদ্ধেশ্বরীকে যত্ন করে প্রতিমা, তবে জন সমক্ষে নয়।

দিন ক্রমশঃ ঘনিয়ে এল। সদরের ডাক্তার , ধাত্রী মজুত প্রসবের সময়। দীর্ঘ অপেক্ষার পর দেখা গেল ডাক্তার বেরিয়ে এলেন , মুখ বর্ষার কালো মেঘের মত গম্ভীর । উৎসুক নৃসিংহকে ধীরে ধীরে প্রশ্ন করে ডাক্তার ," মা না সন্তান ? কাকে চান ?" হরসুন্দর বাক্যহীন, নৃসিংহ স্তম্ভিত।

কি বলছে লোকটা ? বংশের কুলতিলক আসছে আর এই অলুক্ষণে কথাবার্তা ! নিজেকে সামলে নৃসিংহ দাপটের সঙ্গে বলে ওঠেন ," দুজনকেই ।" " অসম্ভব " , ডাক্তারের জবাব," একজন বাঁচবে।" নৃসিংহ প্রত্যুৎপন্নমতি," তাহলে মা কে মানে আমার বৌমাকে চাই।"

বাগানের একধারে যেখানে নুটবিহারীর ঘর সেখান থেকে সদ্যপ্রসূতের ওঁয়া ওঁয়া ডাক নৃসিংহ রায় কেশরীর কর্ণ কুহরে যেন গরম সিসে ঢালতে লাগল। সিদ্ধেশ্বরী পুত্র সন্তান প্রসব করলে। আর

প্রতিমা সুন্দরীর সদ্যোজাত কন্যা মৃত। পরমুহূর্তেই এক মিলিত কান্নার স্বর আসতে লাগল নুটবিহারীর ঘর থেকে।সিদ্ধেশ্বরী নেই, প্রসবের ধাক্কা সামলাতে পারে নি। সবই কপাল ! নৃসিংহ ভেবেছিলেন বংশের কুলতিলক আসছে। নাঃ, হল না তার ইচ্ছাপূরণ।

তাহলে জটাম্বুপাদ অবধূত মিথ্যা ? মিথ্যা তার জড়িবুটি, যা তিনি তাঁর পুত্রবধূকে নিয়মিত খেতে বলতেন। আর কচি মেয়েটা প্রসাদের মত মাথায় ঠেকিয়ে খেত। যখন ছোট ছিলেন, নৃসিংহের একটা খেলা খুব পছন্দের ছিল। খেলাটা হচ্ছে ইঁটের পাঁজা থেকে কাঁকড়া বিছে বার করে তার হুলটা ভেঙ্গে ফেলা। কামড় যে খান নি তা নয়, আজকে নুটবিহারীর সদ্যপ্রসূত ছেলের কান্না কাঁকড়া বিছের হুলের বিষের জ্বালা থেকেও বেশী জ্বালা ধরিয়ে দিল তাঁর শরীরে।

জ্বালা সহ্য করতে না পেরে ছুটলেন অবধূতকে খুঁজতে। তাকে তার আস্তানায় না পেয়ে গেলেন নদীর ধারে , যদি চান করতে আসে। তাঁর অনুমানই ঠিক। অবধূত তখন তাঁর জটার জল ঝরাতে ব্যস্ত চানের পর। সঙ্গে চ্যালা প্রবর্তক সাধক প্রকম্প। নামকরণের কারণে সে না কি সময় সময় কেঁপে ওঠে। লোকে বলে সে ম্যালেরিয়া রুগী তাই ভাল্লুকের জ্বরের মত জ্বর আসে এবং মধ্যে মধ্যে কেঁপে কেঁপে ওঠে। যাকে নিয়ে এ আলোচনা তার বক্তব্য অন্য।

সে না কি তার শরীরের ষট্ চক্রের প্রকম্পন নামের বায়ুকে বশীভূত করে ফেলেছে সাধনার বলে। তাই মাঝে মাঝে কেঁপে কেঁপে ওঠে।

এখন দেওয়ান নৃসিংহের অগ্নিমূর্তি দেখে তার কাঁপুনি আরো বেড়ে গেল। কাঁপতে কাঁপতে বলল ," গুরুদেব, আপনার পিছনে।" কথাটা শুনেই অবধূত বলে উঠলেন, "আমার পিছনে কি ন্যাজ গজিয়েছে? এমন করে বলছিস্!" "না গুরুদেব, সাক্ষাৎ নরসিংহ আপনার পিছনে।" চমকে উঠে অবধূত পিছন ফিরে দেখে দেওয়ান নৃসিংহ অগ্নিশর্মা হয়ে ঘাটের ওপর দাঁড়িয়ে। হাতে হাতির দাঁতের বাঁধানো ছড়ি । অবধূত জানে ওটা শুধু ছড়িই নয়, ওটা গুপ্তিও বটে। প্রথম প্রথম এ গ্রামে এসে বটগাছের তলায় এক চিলতে চালাঘর বেঁধে থাকত সে। ক্রমে লোকমুখে তার নানান ক্ষমতার কথা কানে আসে নৃসিংহের। হঠাৎ হাজির হলেন একদিন তিনি অবধূতের চালাঘরে। সেদিনও এই ছড়িটা তাঁর হাতে ছিল। অবধূতের পোষা সাপটা ফোঁস্ করে ফনা বাড়াতেই নৃসিংহ লাঠি থেকে ছোরাটা বার করে সাপের ফনাটা ধড় থেকে আলাদা করে দেন। অবধূত কিছু বোঝার আগেই ব্যাপারটা ঘটে যায়। এঁনার ক্ষিপ্রতার সঙ্গে অবধূতের পরিচয় আছে। পরে যখন নৃসিংহ জানলেন যে সাপটা অবধূতের পোষ্য ছিল তখন অবধূতকে যথেষ্ট ক্ষতিপূরণ দেন। তবে প্রশ্ন করেন ," তুমি সাপ পুষলে কি করে? " অবধূত প্রশ্নটা এড়িয়ে যায়। বলে, "সে অনেক কথা, পরে বলব

'খন।" পরে সে কথা আর বলেনি অবধূত কারণ বললে অবধূতের হাঁড়ির খবর বেরিয়ে পড়ত।

অবধূত

খুব ছেলেবেলার কথা মনে নেই অবধূতের। তবে একটু জ্ঞান হওয়ার পর দেখেছে ত্রিভুবনে তার কেউ নেই এক ঠাকুমা ছাড়া। বুড়ি না কি কোন রাজবাড়িতে কাজ করত। মা বাবার কথা জিগেস করলে সদুত্তর দিতে·পারে নি সে কোনদিন। তারপর একদিন খেলতে খেলতে গিয়ে পড়ে যাযাবর বেদেদের আখড়ায়। তারা সাপ ধরে তার বিষ বার করে। দড়ির খেলা দেখিয়ে টাকা রোজগার করে। তাই দেখতে দেখতে তন্ময় হয়ে যায় ছোট্ট ছেলেটা। কি একটা মিষ্টি শরবত খেতে দিলে তারা , তারপর আর হুঁশ নেই তার। অনেক পরে ঘুম ভাঙ্গলে দেখে সে বেদেদের সঙ্গে অন্য জায়গায় চলে এসেছে। শুধু নামটা মনে পড়ে নিজের। তার নাম ছিল জগৎ...। পদবী কি তা জানত না ।বেদেদের সঙ্গে থাকতে থাকতে অনেক কিছুই শিখেছিল সে। তার মধ্যে ছিল সাপকে পোষ মানানো। বিষের থলি খালি করে বিষ সংগ্রহ করা। আরো অনেক ভেলকি শেখে সে। সেগুলো পরে তার ভেকধারী তান্ত্রিকের জীবনে লোক ঠকানোর কাজে লাগে। একদিন পালালো জগৎ বেদেদের অনবধানতার সুযোগ নিয়ে। ঘুরতে

ঘুরতে গিয়ে পড়ল শ্মশানচারী তান্ত্রিকের আড্ডায়....

সে দেখল বামমার্গের পঞ্চমকারের সাধন। তার বদলে তাকে অনেক দৈহিক পরিশ্রম করতে হয়েছে তান্ত্রিকের মন পেতে। তাদের ফাইফরমাশ কম নয়। শ্মশানে শ্মশানে ঘুরে চণ্ডালের করোটি, শিয়ালের ও সাপের করোটি জোগাড় করা । নির্দিষ্ট তিথিতে বিশেষ বিশেষ গাছের মূল মন্ত্র পড়ে খুঁড়ে বার করে নিয়ে আসা। যজ্ঞের বেল কাঠ, সমিধ জোগাড় করে নিয়ে আসা। তবে সব থেকে রপ্ত করেছে যেটা সেটা হল মদ্যপান। পাত্রের তলানি খেতে খেতে অভ্যাসে দাঁড়িয়ে গেল। তান্ত্রিকরা কত কি করত! পরে শুনেছে সে যে ছয়রকম সাধনা—মারণ, উচাটন, স্তম্ভন, বশীকরণ, মোহন, বিদ্বেষণ সাধারণত নিষিদ্ধ। তাদের জন্যে আলাদা আলাদা যজ্ঞের ব্যবস্থা, যজ্ঞকুণ্ডের আলাদা আলাদা মাপ ইত্যাদি। এখন বুঝতে পারে তান্ত্রিকেরা এই নিষিদ্ধ কাজের সিদ্ধিলাভের চেষ্টা করত। বিড়াল, ইঁদুর ও অন্যান্য পশুবলি দিত। সেগুলো জোগাড়ের ভার ছিল জগতের।

আধপোড়া শবদেহের ওপর বসে সাধন করত আবার কেউ কেউ। অন্যের ক্ষতি করার কতরকমের অপচেষ্টা করত। পরে শুনেছে এ সব তন্ত্রে গর্হিত কর্ম আর এসব করলে শেষে আরাধ্য দেব দেবীর রোষে পড়তে হয়। সব জেনেশুনেও ওরা করত। তারপর ভৈরব- ভৈরবী চক্রের নাম করে

চলত অবাধ নারী সম্ভোগ। জগতের এই সময়টা কেটেছে এক অন্ধকার জগতে। আসল সাধনা সম্বন্ধে তার কোন প্রত্যক্ষ অভিজ্ঞতা ছিল না।

এরপর সে হঠাৎ গিয়ে পড়ে যে গ্রামে তার জন্ম। বুড়িমার কাছে যা শুনেছে। তখন বুড়িমা মৃত্যুশয্যায়। জগতকে দেখে আর তার সব কথা শুনে বুড়ি হাউ হাউ করে কাঁদতে লাগল, বলল," কত বড় ঘরের ছেলে তুই। এসব নোংরা কাজ করিস্ না বাবা।" জগৎ বলে," কোন ঘরের ছেলে আমি? তুমিতো কোনদিন আমায় বলনি।" খাবি খেতে খেতে বুড়ি যা বলল তাতে জগৎ প্রথমে হতভম্ব হয়ে গেল তারপর জাগল প্রতিহিংসার আগুন তার মনে। বুড়ি শেষ নিঃশ্বাস ত্যাগ করল। বুড়ির সৎকার সেরে বেরিয়ে পড়ল জগৎ । উদ্দেশ্য একটাই প্রতিহিংসা চরিতার্থ করা বদলা নিয়ে। অবধূতের বেশ ধরল সে। জব্বর একটা জটা, রুদ্রাক্ষের মালা আর রক্তাম্বর জোগাড় করা জগতের পক্ষে আদৌ কোন ব্যাপারই ছিল না।

সামনেই দাঁড়িয়ে দোর্দণ্ডপ্রতাপ দেওয়ান নৃসিংহ রায়কেশরী। যেন সাক্ষাত যম। অনেক ঘাটের জল খেয়েছে অবধূত। নিজেকে সামলে স্মিতহাস্যে নৃসিংহকে স্বাগত জানাল অবধূত," জয় তারা ! সুপ্রভাত দেওয়ান মশাই, একেবারে সাত সকালে যে? " নৃসিংহ অবধূতকে কখনো খালি গায়ে দেখেন নি। এখন তার সুঠাম চেহারা দেখে আর তার বয়স আন্দাজ করে একটু যেন চিন্তিত হলেন। মানে

হয়তো দাড়ি, গোঁফ আর জটা নিয়ে যা দেখায় তা নয় তাহলে। যাই হোক সেটা পরে ভাবা যাবে মনে করে বলে উঠলেন , " অবধূত, তোমার সঙ্গে জরুরী কথা আছে, এস ।" সম্ভ্রমের সঙ্গে একটু দূরত্ব বজায় রেখে হাঁটতে লাগল অবধূত। ভাগ্যিস্ জটাটা লাগানোই ছিল। পিছনে পিছনে কম্পমান প্রকম্প। কম্পন তার বেড়েই চলেছে। কারণ সে অল্পবিস্তর শুনেছে নৃসিংহ ও অবধূতের অতীতের বাক্যালাপ। কুটিরে পৌঁছেই নৃসিংহ গর্জে ওঠেন ," কেন এমন হল ? সবই কি তাহলে বুজরুকি তোমার ? বৌমা মৃত কন্যা প্রসব করলে । মরতে বসেছিল মেয়েটা ।" অবধূত প্রকম্পকে বাইরে গিয়ে দোর বন্ধ করতে বলল। তারপর বললে ," আপনার বৌমা মোটেও আমার দেওয়া ওষুধ খাননি। খেলে এমনটি হত না।" নৃসিংহ গর্জে উঠলেন ," আমার সামনেই খেত রোজ। ফল হল উল্টো । ঐ নুটুটার ছেলে হল। ভেবে আমার গা জ্বলে যাচ্ছে । বৌমার অবস্থা দেখে আর আমার ভবিষ্যৎ বংশধরের কথা ভেবে আমি তো দিশেহারা। বৌমার আর কোনদিন সন্তানাদি হওয়ার আশা নেই। আমার এত সম্পত্তি , সোনাদানা, মোহর, তা ভোগ করার লোক থাকবে না হরসুন্দর আর প্রতিমার পর। এ সব তোমার জন্যে হল অবধূত।" " শান্ত হোন দেওয়ান মশাই। আমার কথাগুলো মন দিয়ে শুনুন।" এই বলে অবধূত নীচু স্বরে দেওয়ানের সঙ্গে কথা বলতে লাগল।

বিশ্বম্ভর ওরফে বিশু

বিশ্বম্ভরের ব্যাগ গোছানো হয়ে গেছে। খুঁজে পেতে ব্যাগটা পেয়েছে। অন্যটা বোধহয় সুনয়নী নিয়ে গেছে। সুনয়নীর কথা মনে হতে সে ভাবে এবার নিশ্চয় সুনয়নী খুশী হবে পিসীর সম্পত্তির কথা শুনে। মুশকিল একটাই , যদি সে তার সঙ্গে কলকাতা যাওয়ার বায়না ধরে। রাখবে কোথায় তাকে কলকাতায়? নিজে না হয় মাথা গোঁজার ঠাঁই করে নেবে। খরচের কথাটাও ভাবতে হয়। যেমন করে হোক সুনয়নীকে কোনমতে ঠেকাতে হবে। বাড়িটা ফাঁকা পড়ে থাকবে - এটাও তো একটা যুক্তি।

মায়ের কথা তো মনেই পড়ে না আর বাবা তো সেই সন্ন্যাসী ঠাকুরের পাল্লায় পড়ে ঘরছাড়া। কোথায় যে গেল লোকটা?

সেই সন্ধ্যা নাগাদ এলেন সন্ন্যাসী ঠাকুর। সর্বত্যাগী সন্ন্যাসীর চেহারা তাঁর। দরজা থেকে হাঁকালেন ," শিবশঙ্কর আমি এসেছি। এখনও কি তোমার সময় হয় নি? " বাবা বেরিয়ে এসে সাষ্টাঙ্গে প্রণাম করে বললেন," যাব গুরুদেব, রাত হয়েছে বিশ্রাম নিন। এতদূর থেকে এলেন !" আমায় একটু সেবা করার সুযোগ দিন বাবা।

সন্ন্যাসী বললেন," তথাস্তু "।

রাতে সামান্য ফলাহার করে বিশুর বাবা গুরুদেবের সঙ্গে কথা বসতে বসলেন। পাশের ঘর থেকে সবই

শুনতে পেল বিশু। সন্ন্যাসী ঠাকুর বলছেন," দেখ শিবশঙ্কর, তোমার নামের মধ্যেই আছে তোমায় কি করতে হবে। ভোলানাথের যেমন কোন বাসনার লেশমাত্র ছিল না তেমনি তোমায় ও হতে হবে। তবেই তো তুমি মা কে পাবে। ছিটেফোঁটাও যদি বাসনা বা পিছুটান থাকে তবে আর কোন আশা নেই। কঠিন সাধনায় উত্তীর্ণ হতে হবে , তবেই তোমার মুক্তি, অন্যথায় নয়।" " বাবা ছেলেটা এখনও ছোট যে!" "তাহলে বলি শোন" সন্ন্যাসী বলতে লাগলেন,"যাঁকে পাওয়ার জন্যে ব্যাকুল হয়েছো তিনিই তোমার ছেলেকে দেখবেন। একদিন বিপুল সম্পত্তির অধিকারী হবে সে। তুমি নিজে এসে দেখে যাবে বাবা। " আপনি যখন বলছেন তখন নিশ্চয় হবে।" বাবা বললেন।

"না,না, সেদিন তোমার দরকার হবে। দুষ্টের দমনের জন্যে তিনি নানা ব্যবস্থা নেন। কর্মের গতি অতি সূক্ষ্ম, সময় হলে সবাই দেখতে পায়।" শিবশঙ্কর বললেন," এখন আমার কি কর্তব্য গুরুদেব? " সন্ন্যাসী বলেন," আমি তোমায় যে সাধন দিয়েছি তা' একমনে করে যাও। স্থির প্রাণে থাকার চেষ্টা কোরো। শ্বাস প্রশ্বাসের উচ্ছ্বাস ধীরে ধীরে কমে যাবে। তখন তুমি নিজে নিজে বুঝতে পারবে কি করতে হবে।" বিশ্বম্ভর বুঝতে পারে এখন যে তার বাবা কেন একদিন ঘর ছেড়ে চলে গেলেন। বাবার উপলব্ধির পরিমাণটা সঠিক জায়গায় পৌঁছনোর সঙ্গে সঙ্গে তার বাবা বিবাগী হন। সন্ন্যাসী আরো বলেছিলেন যদিও সে সব কথা ছেলেবেলায় সে বোঝেনি।

তবু আজো মনে পড়ে তার। সন্ন্যাসীকে তার বাবা প্রশ্ন করছিলেন," বাবা, ঈশ্বরের অস্তিত্ব অনেকে অস্বীকার করেন যে।" গুরুদেব বলে চলেন," তৈত্তিরীয় উপনিষদ্ বলছেন, যদি কেহ মনে করে যে ঈশ্বর নাই তবে ঈশ্বর সেই নাস্তিকের কাছে অসৎ অর্থাৎ অপ্রত্যক্ষীকৃত থাকেন। যদি কেহ মনে করেন ঈশ্বর আছেন তবে সে পরম সত্য ঈশ্বরকে প্রত্যক্ষ করতে পারেন।" " ঈশ্বরতত্ত্ব জানবার রাস্তা কি বাবা?"

"ঈশ্বরতত্ত্ব বা ব্রহ্মতত্ত্ব জানবার উপায় শাস্ত্র। কিন্তু সমগ্র শাস্ত্র সমন্বয়পূর্বক ব্রহ্মতত্ত্ব জ্ঞাত হতে হবে।"

"শাস্ত্র সম্বন্ধে কিছু বলুন বাবা।" সন্ন্যাসী বলতে লাগলেন,

" শাস্ত্রকে তিন ভাগে ভাগ করা হয়েছে :

১)শ্রুতিপ্রস্থান — যথা- বেদ , উপনিষদ্ ।

২) স্মৃতি প্রস্থান- যথা
-পুরাণ,উপপুরাণ,ইতিহাস,সংহিতা

৩) ন্যায় প্রস্থান— যথা -সাংখ্য,
পাতঞ্জল,পূর্বমীমাংসা,উত্তরমীমাংসা, বৈশেষিক ও ন্যায় ।

এদের প্রকাশ করেন যথক্রমে কপিল, পতঞ্জলি, জৈমিনি, কণাদ, গৌতম ও বাদরায়ণ , ব্যাস।

শ্রীমদ্ভগবদগীতাকে শ্রুতিপ্রস্থান জ্ঞান করা সমীচীন।”

শিবশঙ্কর জিজ্ঞাসা করেন,” তাঁকে জানার সাধনা তো এই শরীরেই করতে হয়। এই শরীর আমাদের নিজেদের, কিন্তু এই শরীর সম্বন্ধে তো কিছুই জানি না। এই শরীর সম্বন্ধে কিছু বলুন বাবা।”

গুরুদেব বলেন,” ভগবান শ্রীকৃষ্ণ শ্রীমদ্ভগবদগীতায় এই শরীরকে ক্ষেত্র বলেছেন-(ইদম্ শরীরম্ কৌন্তেয় ক্ষেত্রমিত্যভিধীয়তে) তুমি তো জান যে এই শরীর পঞ্চভূতের সৃষ্টি। পঞ্চভূত মানে ক্ষিতি, অপ্, তেজ, মরুৎ ও ব্যোম। এদের পঞ্চীকরণের মাধ্যমেই এই স্থূলদেহ। এতে আছে মন, বুদ্ধি, অহংকার, অব্যক্ত বা প্রকৃতি, পঞ্চ জ্ঞানেন্দ্রিয় যেমন- চক্ষু, কর্ণ, নাসিকা, জিহ্বা ও ত্বক্ ।

পঞ্চ কর্মেন্দ্রিয় যেমন- বাক্, পাণি, পাদ, পায়ুও উপস্থ ।

পঞ্চ তন্মাত্র যেমন- শব্দ, স্পর্শ, রূপ, রস ও গন্ধ - সব মিলে চব্বিশ যাকে বলে চতুর্বিংশতি তত্ত্ব। আর এদের সাতটি বিকার - ইচ্ছা, দ্বেষ, সুখ, দুঃখ, সংঘাত, চেতনা ও ধৃতি। “

“বাবা তন্মাত্রা কাকে বলে ?” গুরুদেব,” তন্মাত্রা মানে তৎ মাত্রা অর্থাৎ তাহার সূক্ষ্মরূপ।” “ তার মানে আমাদের সূক্ষ্মরূপই কি আমাদের সূক্ষ্ম শরীর?” “ হ্যাঁ তাই। পঞ্চবায়ু (প্রাণ, অপান, সমান,

উদান ও ব্যান) আর কর্মেন্দ্রিয় মিলে আমাদের প্রাণময় কোষ। মন আর কর্মেন্দ্রিয় মিলে আমাদের মনোময় কোষ, বুদ্ধি আর জ্ঞানেন্দ্রিয় মিলে আমাদের বিজ্ঞানময় কোষ। আর এই প্রাণময়, মনোময় ও বিজ্ঞানময় কোষের মিলিত রূপই সূক্ষ্ম শরীর বা লিঙ্গ শরীর। অষ্টাদশ মানে আঠারটি তত্ত্ব নিয়ে তৈরী যেমন- পঞ্চ কর্মেন্দ্রিয়, পঞ্চ জ্ঞানেন্দ্রিয়, পঞ্চ তন্মাত্রা, মন, বুদ্ধি, অহংকারই এর তত্ত্ব।"

"বাবা, এই সূক্ষ্ম বা লিঙ্গ শরীরের মূলে কিছু আছে?"

"আছে , নিশ্চয়ই আছে। সে হল কারণশরীর। এটি চতুর্বিংশতি বা চব্বিশটি তত্ত্ব নিয়ে গঠিত মানে লিঙ্গ শরীরের আঠারটি তত্ত্ব আর পঞ্চমহাভূত ও অব্যক্ত বা প্রকৃতি । এই প্রকৃতি হল মূল অজ্ঞান বা আনন্দময় কোষ।"

কিছু বুঝল আর কিছু বুঝল না বিশু কেবল শুনল শুয়ে। মনটা ভারী হয়ে উঠছে এই ভেবে যে ওর বাবা একদিন ঘর ছেড়ে চলে যাবেন সাধন করতে। কেন সাধন বাড়িতে বসে করা যায় না? ওর বাবা তার গুরুদেবকে জিজ্ঞেস করে চলেন," পুরাণ সম্বন্ধে জানতে ইচ্ছে করছে বাবা কিছু বলুন।" গুরুদেব বলেন," পুরাণ তিন রকমের-

তমস্ প্রধান, রজঃ প্রধান ও সত্ত্ব প্রধান। তমস্ প্রধানের মধ্যে মৎসপুরাণ, কূর্মপুরাণ, লিঙ্গপুরাণ, শিবপুরাণ, স্কন্দপুরাণ, অগ্নিপুরাণ, বায়ুপুরাণ আছে। রজঃ প্রধানের মধ্যে ব্রহ্মপুরাণ, ব্রহ্মাণ্ডপুরাণ,

ব্রহ্মবৈবর্ত পুরাণ, মার্কণ্ডেয় পুরাণ, ভবিষ্যপুরাণ ও বামনপুরাণ। সত্ত্বপুরাণে আছে বিষ্ণুপুরাণ, নারদীয় পুরাণ, ভাগবত পুরাণ, গরুড় পুরাণ, পদ্মপুরাণ ও বরাহপুরাণ। এরপর উপপুরাণ আছে যেমন সনৎকুমার, নৃসিংহ, নারদীয় বা বৃহন, শিব, দুর্বাসা, কপিল, মানব, ঔসনাস, বরুণ, কালিকা, শাম্ব, নন্দী, সৌর, পরাশর, আদিত্য, মহেশ্বর, ভাগবত, বশিষ্ঠ।" বিশু ভাবে লোকটা কত জানে ! যাই জানুক আর নাই জানুক বিশুর তাতে কিছু আসে যায় না। খালি চিন্তা বাবাকে নিয়ে।ভাবে বাবার এত কৌতুহল কেন সব জানার। গুরুদেবকে শুতে দিলেই তো হয়। কাল ভোর ভোর তো উনি যাবেন। কখন শোবেন আর কখনই বা ঘুমোবেন? ঘুমে চোখ জুড়িয়ে আসছে বিশুর। ওর বাবা জিজ্ঞেস করে চলেছেন, "সপ্তর্ষি কারা গুরুদেব?" গুরুদেব বলেন," মহাভারত অনুসারে মরীচি, অত্রি, আঙ্গিরস, পুলহ, পুলস্ত্য, ক্রতু, বশিষ্ঠ। আর শতপথ ব্রাহ্মণে সপ্তঋষিগণ হলেন গৌতম, ভরদ্বাজ, বিশ্বামিত্র, জমদগ্নি, বশিষ্ঠ, কশ্যপ ও অত্রি। বায়ুপুরাণে ভৃগুর নাম আছে। বিষ্ণুপুরাণে ভৃগু ও দক্ষের নাম পাওয়া যায়। অন্য স্থানে আবার পাওয়া যায় গৌতম, ভরদ্বাজ, কাণ্ব, বাল্মিকী, ব্যাস, মন ও বিভাণ্ডক।" বিশুর বাবা , " গুরুদেব, সনকাদি , চতুর্দশ মনু, প্রজাপতি, সপ্তমরুৎ, দ্বাদশ আদিত্য, একাদশ রুদ্র, অষ্টবসু— এঁদের নাম শুনেছি আপনার কাছে। এঁরা কারা?"

গুরুদেব বলেন," স্মরণশক্তি তো ভালই দেখছি তোমার!"

“সবই আপনার দয়ায় বাবা” বিশুর বাবার গলায় ভক্তি।

“ শোন, সনকাদি হচ্ছেন ব্রহ্মার মানসপুত্রেরা যথা সনক, সনন্দ, সনৎকুমার ও সনাতন। এঁনারা চিরকুমার ও ব্রহ্মচারী। ব্রহ্মা এঁদের অনুরোধ করেন পুত্র উৎপাদন করতে কিন্তু এঁনারা অস্বীকার করেন, তাই প্রজাপতিগণের সৃষ্টি করেন ব্রহ্মা - এঁরাও ব্রহ্মার মানসপুত্র। এঁরা হলেন মরীচি, অত্রি, আঙ্গিরস, পুলস্ত্য, পুলহ, ক্রতু, ভৃগু, বশিষ্ঠ, দক্ষ ও নারদ। এঁরা পুত্র উৎপাদনে সম্মত হলেন। ব্রহ্মার ছায়া থেকে উৎপন্ন কর্দম মুনির ঔরসে তাঁর স্ত্রী দেবাহুতির নয়টি কন্যা সন্তান জন্মায়। প্রজাপতিগণের সঙ্গে এঁদের বিবাহ হয়। সেই কন্যাগণের নাম যথাক্রমে - কাল, অনসূয়া, শ্রদ্ধা, হবির্ভূ, গতি, ক্রিয়া, খ্যাতি, অরুন্ধতি। নবম কন্যার নাম শান্তি। অন্যত্র আছে শান্তির স্বামীর নাম অথর্বন। চতুর্দশ মনু হলেন স্বায়ম্ভুব (ইনি কর্দম মুনির পত্নী দেবহুতির পিতা) ,স্বারোচিষ, উত্তম, তামস, চাক্ষুষ, বৈবস্বত, রায়ত, সাবর্ণি, দক্ষসাবর্ণি, ব্রহ্মসাবর্ণি, ধর্মসাবর্ণি,

সপ্তমরুৎ হলেন - আবহ, প্রবহ, বিবহ, পরাবহ, উদ্বহ, সংবহ ও পরিবহ।

দ্বাদশ আদিত্য হলেন ধাতা, মিত্র, অর্যমা, রুদ্র, বরুণ সূর্য্য, ভগ, বিবস্বান, পূষা, সবিতা, ত্বষ্টা ও বিষ্ণু।

একাদশ রুদ্র হলেন অজ, একপাদ, অহিব্রধ্ন, পিনাকী অপরাজিত, ত্র্যম্বক, মহেশ্বর, বৃষকপি, শম্ভু, হরণ, ঈশ্বর।

অষ্টবসু হলেন আপ, ধ্রুব, সোম, ধর, অনিল, অনল প্রত্যুষ ও প্রভাস।

"বল শিবশঙ্কর, আর কি তোমার প্রশ্ন আছে?" বিশুর বাবা চমৎকৃত, বললেন," পুরুষ কাকে বলে?"

গুরুদেব বোঝাতে লাগলেন ," পূর্ণম্ অনেন সর্বম্ ইতি পুরুষঃ- অর্থাৎ এই বিশ্ব যাঁর দ্বারা পূর্ণ তিনিই পুরুষ। পুরি শয়নাৎ বা পুরুষঃ অর্থাৎ পুরে যিনি শয়ন করেন। পুর মানে বুঝেছ? "

শিবশঙ্কর বলেন, " বুঝেছি গুরুদেব। আমাদের শরীর।" "ঠিক এবার শুয়ে পড়। রাত্রি অনেক হল। আমি এবার ধ্যানে বসব।" গুরুদেব বলেন।

বিশু যে কখন ঘুমিয়ে পড়েছে জানল না। অঘোরে ঘুমিয়ে সকালে যখন উঠল তখন বেলা হয়ে গেছে। পাশেই তার কাকা, কাকিমা থাকেন। কাকিমা এসে বললেন," মুখ ধুয়ে জলখাবারটা খেয়ে নে।" বিশু বলে," কাকিমা, বাবা কোথায়?" সংক্ষিপ্ত উত্তর কাকিমার, "উনি গুরুদেবের সঙ্গে চলে গেছেন।"

কচি বুকটা ঠেলে কান্না বেরিয়ে এল তার। ঠিক জানত বাবা আর থাকবে না। ফ্যালফ্যাল করে তাকিয়ে থাকে বিশু তার কাকিমার দিকে। কাকা,

কাকিমা তখন থেকে বিশুকে মানুষ করতে লাগলেন। এখন দুজনেই এই পৃথিবী ছেড়ে চলে গেছেন। পুন্যবান কিনা!

বাসের হর্ণে চমকে উঠে বিশু বাসে ওঠার জন্য দৌড় লাগায়। পৌঁছতে ঘন্টাখানেক লাগে তা লাগুক। খবরটাতো দিতে পারবে সুনয়নীকে।তার অবস্থার জন্যে তাকে তো তার শাশুড়ি মানুষ বলেই মনে করেন না; আর এখন ?

নৃসিংহ রায় কেশরী

নৃসিংহ রায়কেশরী- নামটা জব্বর। এমনি এমনি এ নাম হয় নি। জন্ম তার হরিবটতলার রায় বংশে। বিষ্ণুপদ রায়ের একমাত্র সন্তান। উচ্চ কায়স্থ বর্ণে জন্ম। বিষ্ণুপদ সারাদিনই ঠাকুরদেবতার পূজা আর্চা নিয়েই পড়ে থাকেন। একমাত্র ছেলের জন্যেই তাঁর যত চিন্তা। বড্ড ডানপিটে ছেলেটা। একবার তো বানের জলে ভেসেই যাচ্ছিল। বানের সময় সাঁতার কাটবার সখ হয়েছিল তার। কোনক্রমে বাঁচে। এর ওপর লোকের নালিশে তিতিবিরক্ত তিনি। কারো বাড়ী ফল পাকুড় পাকলে আর রক্ষে নেই। সঙ্গে সঙ্গে নৃসিংহ হাজির সেখানে। আর ছিল তার কাঁকড়া বিছের হুল ভাঙ্গার নেশা। একবার তো প্রাণটা বেরিয়ে যেতে যেতে বেঁচে যায়। গৃহদেবতা

শ্যামসুন্দরের কৃপায় সে যাত্রা সে বেঁচে যায়। বিষয় সম্পত্তি অল্প কিছু রেখে বিষ্ণুপদ একদিন ইহলোকের মায়া ত্যাগ করলেন। নৃসিংহ হয়ে পড়ল একেবারে একা।

একদিন ভরদুপুরে নৃসিংহ দেখে নদীর ধার দিয়ে একটা সাদা ঘোড়া তীরবেগে পাগলের মত ছুটে চলেছে। যে কোন মুহূর্তেই নদীতে পড়ে যেতে পারে।ঘোড়ার সওয়ারী প্রাণপণ চেষ্টা করছে ঘোড়াটাকে বাগ মানাতে। শেষে পারা গেল না, সোজা ঘোড়া সমেত নদীতে পড়ল। নৃসিংহ বুঝতে পেরেই ছুটল । সওয়ারী অচৈতন্য অবস্থায় ভেসে যাচ্ছে। ঘোড়াটা ততক্ষণে পাড়ে উঠে গা ঝাড়ছে। নিজের জীবন বিপন্ন করে নৃসিংহ লোকটিকে পাড়ে তুলল।

ঘোড়াটা এতক্ষণে শান্ত হয়েছে। লোকটির চেহারাটা রাজকীয়, পোশাকটা আরো। তার সংজ্ঞা ফিরলে নৃসিংহ বললে," এখন আপনার কেমন লাগছে? অনেকটা জল পেটে ঢুকেছিল, বার করে দিয়েছি।"

রাজপুরুষটি ততক্ষণে সামলে উঠেছেন। নৃসিংহ বললে," আপনার পরিচয়? থাকেন কোথায়?" উত্তর এল, "আমার নাম রাজা কন্দর্পনারায়ণ। আমি গড় শিব্রামপুরের রাজা। ঘোড়াটা খেপেছিল, বাগ মানাতে গিয়ে এই ব্যাপার। কিন্তু তুমি কে? তুমি থাক কোথায়? তোমার বাবার নাম কি?" একদমে কথাগুলো বলে হাঁপাতে লাগলেন রাজা

কন্দর্পনারায়ণ। বুঝলেন কাজটা বাড়াবাড়ি হয়ে গেছে এই বয়সে! অপদার্থ সহিসের ওপর মনে মনে চটলেন। "আমার নাম নৃসিংহ।" বলেই সে ভাবল রাজার সামনে নামটা একটু গুরুগম্ভীর হলে বেশ হয়। নামে যখন সিংহ আছে তখন কেশরও থাকবে। সামলে নিয়ে বলে,"নৃসিংহ রায় কেশরী।"

"তোমার বাবার নাম কি বল? তুমি কোন গ্রামে থাক?" নৃসিংহ বলে," আমার বাবার নাম স্বর্গীয় বিষ্ণুপদ রায়। থাকি হরিবটতলা গ্রামে।"

রাজা চমকে উঠলেন , "কি বললে? তুমি বিষ্ণুপদর ছেলে? তোমার বাবা আর আমি একই টোলে পড়াশুনা করেছি। খুব মেধাবী ছিল বিষ্ণুপদ। কি করে মারা গেল সে?" নৃসিংহ উত্তর দেয়," বুকে ব্যথা সঙ্গে জ্বর। সেই রাত্রেই মারা গেলেন।"

কন্দর্পনারায়ণ," তুমি তাহলে কি কর?" নৃসিংহ চুপ করে থেকে ভাবলেশহীন কন্ঠে বলে, "কিছু না।"

কি খানিকটা ভেবে কন্দর্পনারায়ণ বলেন," আমার ছেলে সূর্য্যনারায়ণ তোমারই বয়সী। যদি তুমি রাজি থাক তবে আমার নায়েবমশাই এর সঙ্গে খাজনা আদায়ের কাজে লেগে পড়তে পার। মাহিনা পাবে তোমার প্রয়োজন মত। তোমার খাওয়া পরার দায়িত্ব রাজবাড়ির। বাকি সময়টা সূর্য্যনারায়ণের সঙ্গী হয়ে কাটাবে। কি? রাজি?" এ যেন মেঘ না চাইতেই জল!

মুখে সেটা প্রকাশ না করে নিরাসক্ত ভাবে নৃসিংহ বলে," যে আজ্ঞে।" যাক্ কৃতজ্ঞতাস্বরূপ কিছু একটা করা গেল। মনে মনে ভাবেন কন্দর্পনারায়ণ, একরকম তো মরতেই বসেছিলেন তিনি। ছেলেটা ঠিক সময় না বাঁচালে কি যে ছিল তাঁর কপালে! বললেন, "আর কে কে আছে তোমার? মা?"

নৃসিংহ বলে," নাঃ, কেউ নেই।" যাক্ বাঁচা গেল। স্বস্তির নিঃশ্বাস ফেলেন কন্দর্প। সুঠাম আর সুস্বাস্থ্যের অধিকারী যুবককে পেয়ে খুব খুশী হলেন রাজাবাবু।

ভিজে উষ্ণীষটা হাতে নিয়ে উঠে পড়লেন তিনি। বললেন,"চলো।" নৃসিংহ বললে," এখনই?" রাজা, "আবার কি! কার জন্যে অপেক্ষা? তোমার জমি জমার তদারকি করার লোক আমি পাঠিয়ে দেব। চিন্তা করো না। চলো।" বলে নৃসিংহকে নিয়ে ঘোড়ায় উঠে পড়লেন। ঘোড়া ছুটিয়ে সোজা রাজবাড়ী।

ক্রোশ চারেক দূরে রাজবাড়ি, অবশ্য তার চূড়াটা বেশ কিছুটা আগে থেকেই দেখতে পেল নৃসিংহ।

নৃসিংহের মনটা অজানিত আশঙ্কায় দুলে উঠল। ভয় বলে কোন বস্তুই তার মনে ছিল না। তার ভাবনা একটাই। সে শুনেছে লোকের মুখে যে বড়লোকদের খেয়াল, ভাঙ্গা দেওয়াল আর পাগলা শেয়াল এই তিনজনকে বিশ্বাস করতে নেই। দেখাই যাক্ না

শেষ পর্য্যন্ত , এই ভেবে সে তার চিন্তার মোড়টা ঘোরাতে লাগল। আস্তে আস্তে রাজবাড়িটা চোখের সামনে দেখতে পেলে সে।

কি সুন্দর কারুকার্য্যকরা প্রাসাদ , চারিদিকে বড় ছোট গাছ দিয়ে ঘেরা। কেয়ারি করা ফুলের বাগান। হরেক রকম ফুল তাতে। মাঝে সুন্দর একটা পাড় বাঁধানো জল ভর্তি জলাধার। তাতে নীল পদ্মের মত, কিছুটা শালুকের মত দেখতে ফুল। শ্বেত পাথরের সিঁড়ি নেমে গেছে। দুপাশে শ্বেতপাথরের মূর্তি, মেমসাহেবদেরেই হবে। মূর্তির গায়ে নামমাত্র কাপড়। সংকোচ হলেও চোখ নামায় না নৃসিংহ। দেখতে থাকে তাদের দাঁড়ানোর ভঙ্গি । শখ আছে বটে কন্দর্পনারায়ণের।

সমস্ত জাগায়াটা মনে হল যেন স্বপ্নপুরী। দূরে দিঘীর কালো জল নিথর। কিন্তু মাঝে মাঝেই হাওয়ায় অল্প অল্প ঢেউ উঠছে। একদল পাতি হাঁস ভেসে বেড়াচ্ছে , তাদের সঙ্গে গোটা চারেক রাজহাঁস । তাদের মধ্যে দুটো সাদা আর দুটো কালো। দিঘীর জলে মাঝে মাঝেই বলয়াকারে ঢেউ উঠছে। নৃসিংহ বুঝল বড় মাছে ঘাই মারছে। নিশ্চয়ই মাছে ভর্তি। ধরতে দেবে কি না কে জানে , তবে সে ধরবেই ধরবে। বাগানের ঘাস খুব সুন্দর করে ছাঁটা। বড় বড় থাম আর শ্বেতপাথরের চওড়া সিঁড়ি যেন প্রাসাদটাকে গুরুগম্ভীর করে তুলেছে।

ঘোড়া এসে থামতেই সহিস ছুটতে ছুটতে এল।

বলল, “হুজুর।” “চোপ্ ব্যাটা, ঘোড়া সামলাতে পারো না আবার কিসের সহিস?” রাগে গজ্ গজ্ করতে লাগলেন কন্দর্পনারায়ণ। ”আর হবে না হুজুর।” সহিস সাহস সঞ্চয় করে মিন মিন করে বলে। “ থাক,আর বিনয় করতে হবে না, তুফানকে আস্তাবলে নিয়ে যাও। দেখ চোট পেল কি না?” কন্দর্প হাঁকলেন।

ঘোড়াটার নাম তুফান তাহলে! হ্যাঁ নামটা ঠিক দেওয়াহয়েছে। যা ছুটছিল ঘোড়াটা - নৃসিংহ ভাবে।

“সূরয , কোথায় গেলি সূর্য্য ? আমি এসে গেছি।” কন্দর্পনারায়ণ ছেলেকে ডাকতে থাকেন।

থামগুলোর আড়াল থেকে নৃসিংহেরই বয়সী একটি ছেলে বেরিয়ে এল।

পাতলা দোহারা চেহারা, লম্বা । মুখখানা বাপের মতন। রঙ্ ফরসা। “তুমি যে একদম ভিজে গেছ বাবা। কি হয়েছিল তোমার ?” প্রশ্নটা করেই সূর্য্যনারায়ণ বাবার মুখের দিকে তাকাল। কন্দর্প উত্তর দেন,” আরে আর বলিস্ না, তুফানকে নিয়ে সোজা সোনাফেনীর জলে।” নদীটির ভাল নাম স্বর্ণফেনী। লোকের মুখে মুখে সোনাফেনী হয়ে গেছে।

“এই ছেলেটা আমায় জল থেকে তুলে আনলে। আজ নইলে কুমীরের পেটে।” কন্দর্প ছেলের দিকে তাকিয়ে বলেন। সূর্য্য বিরক্ত মুখ বলল,” কেন যে এই

বয়সে এ কাজগুলো করতে যাও! এরা তো আছে।” “কেউ তো পারলো না , তাই গেলাম। যাইহোক, এখন নৃসিংহকে নিয়ে প্রাসাদটা ঘুরে দেখা। ওর বাবা বিষ্ণুপদ আমার ছেলেবেলার বন্ধু। দেখিস্ ওর যেন কোন অযত্ন না হয়, ও এখানেই থাকবে।

সরকার মশাইকে বল একটা ঘর খুলে দিতে আর মহিমকে বলিস্ ওকে যেন দেখাশোনা করে। পরে আমি ওকে নিয়ে বসব, কাজ আছে।” মহিম কাজের লোক। সূর্য্য বলল,” এস নৃসিংহ।”

বিশ্বম্ভর ও তার শ্বশুরবাড়ী

বাসটা ঘ্যাঁচ্ করে থামতেই বিশ্বম্ভরের চটকা ভেঙ্গে গেল। বাসটা তার শ্বশুর বাড়ির দোরগোড়ায় এসে থেমেছে। তাড়াহুড়ো করে নামতে গিয়ে আর একটু হলেই পপাত ধরণীতলে। কন্ডাক্টার ধরে ফেললে, “ আরে করেন কি মশাই? শেষে চাকার তলায় যাবেন না কি? দেখে নামুন!”

বিশ্বম্ভর তখন সুনয়নীর সঙ্গে দেখা করার উত্তেজনায় সেসব গ্রাহ্য করল না। কন্ডাক্টরকে ধন্যবাদ না দিয়ে বাস থেকে সোজা হাঁটা দিল শ্বশুরবাড়ির দিকে। শ্বশুর ভবানীপ্রসাদ সদরের কাছারিতে পেশকারের কাজ করেন। রোজগারপত্র ভালই। বাড়িটা পাকা করে ফেলেছেন। আশপাশের লোক মান্যগণ্য করে। কোর্ট কাছারির ব্যাপার তো ! সেদিন না জানি কেন বাড়ি ছিলেন। জামাইকে আসতে দেখে খুশী হলেন। বড় মেয়ে সুনয়নীর স্বামী

বিশ্বম্ভর। ছোট মেয়ে কাজলের স্বামী প্রবোধ। সে কাজ করে কলকাতার এক মার্চেন্ট আপিসে। দুই মেয়েরই বিয়ে দিয়েছেন ধুমধাম করে।

স্ত্রী মানদাসুন্দরী খুব দাপুটে। নিন্দুকেরা বলে দজ্জাল। মানদাসুন্দরীর হাতের রান্নার তারিফ করতে হয়। ভবানী প্রসাদ ভোজন রসিক, তাই স্ত্রী দজ্জাল হলেও তিনি তাকে সহ্য করে এসেছেন ঐ রান্নার স্বাদ পাওয়ার জন্যে। তার জন্যেইতো উপরি আয় করার এত ঝোঁক। তা না হলে সামলাবে কে ? ভবানীপ্রসাদের একটাই দুঃখ যে তাঁর ছেলে হল না।

তা না হোক্, দুই জামাইতো আছে। অবশ্য তারা কালেভদ্রে আসে শ্বশুরবাড়িতে। অবশ্য মেয়েরা এসে থাকে তাঁর কাছে।

প্রণাম করে বিশু জিজ্ঞেস করে ," কেমন আছেন?" ভবানী বললেন," ভাল আছি বাবা, তুমি ভাল তো ?" " হ্যাঁ, সুনয়নীকে নিতে এলাম।" "সে কি ?" ভবানী বলেন," সে তো এই ক'দিন আগে এল, এখনই নিয়ে যাবে?" " একরকম বাধ্য হয়েই নিতে এলাম", বিশুর গলায় উত্তেজনা ," কলকাতায় গেলে বাড়িটা ফাঁকা পড়ে থাকবে তাই।" " তুমি কলকাতায় যাবে কেন?" ভবানীপ্রসাদ কথাটা বলতেই বিশু সলিসিটরের চিঠিটা বাড়িয়ে দিলে শ্বশুরের দিকে। চিঠি পড়ে ভবানীপ্রসাদের মুখে তৃপ্তির হাসি খেলে গেল। টাকাপয়সার গন্ধ পেলেই ভবানীপ্রসাদের বুদ্ধি খুলে যায়। বললেন," দেরী কোর না বিশ্বম্ভর। যত

তাড়াতাড়ি পার দেখা করে এর একটা সমাধান কর। তোমার পিসীর শ্বশুরবাড়ির কথা শুনেছিলাম। তুমি ছাড়া ওনার তো আর কেউ ছিল না।" " না ছিল না, নিজের বলতে কেউ ছিল না।" বিশু বলল," শুধু নুটুকাকার ছেলে ছিল সুমন্ত্র। তাকে দশ বছরের পর আর পাওয়া যায় নি কোথাও। কোথায় যে গেল কেউ জানে না।" "কার সঙ্গে কথা বলছ গা?" মানদা বেরিয়ে এসে জামাইকে দেখে মাথার কাপড়টা টেনে বলেন," তোমার তো এখন চাষবাসের কাজ নিয়ে থাকার কথা বাছা, তা তুমি কি মনে করে ?" কথাটা মাঝপথে থামিয়ে দিয়ে ভবানী বলে ওঠেন, " আরে গিন্নি , কি যা তা বলছ তুমি? তেতে পুড়ে ছেলেটা এল, ওকে জলটল দাও। আর শোন, সুনিকে তৈরী হতে বল। বাড়ী যেতে হবে ওকে।" "মানে?" রুখে উঠলেন মানদাসুন্দরী। শাশুড়ীকে চিরকাল সমীহ করে চলে বিশু।

সে কিছু বলার আগেই ভবানী বলে উঠলেন," বিশ্বম্ভরকে কলকাতা যেতে হবে, ওর পিসীর সমস্ত সম্পত্তির ওয়ারিশন সে।" পেশকারের স্ত্রীর চোখ কপালে উঠল," এখনও বসে আছ ? বিশুবাবা রুইমাছের মুড়ো খুব ভালবাসে। বাজার যাও এখনই। রান্না করা তোমার পেশকারী কাজ নয়, যে বসে বসে সব হয়ে যাবে। যাও।" পড়ি কি মরি করে ছুটলেন ভবানীপ্রসাদ বাজারে। "এস বাবা এস।" মানদাসুন্দরী মেয়েকে ডাকলেন," ওরে সুনি, জামাইবাবাজী এসেছে , এদিকে আয়।" সুনয়নী বিশুকে দেখে তো অবাক্! একে তো মায়ের মুখের জন্যে বিশু এখানে

আসতে চায় না। আজ কি ব্যাপার? মায়ের মুখ দিয়ে তো মধু ঝরছে এখন!

বিশুর মুখে যখন সব শুনল তখন তার প্রথম প্রতিক্রিয়া হল, “রাখাল কাকুর সোনার দোকানে একজোড়া বালা দেখে এলাম। ভাবলাম ভগবান মুখ তুলে চাইলে নেব। দেবে তো এবার আমায়? “ বিশু নিশ্চিন্ত হল সুনয়নী বালা চাইছে।কলকাতায় যেতে চাইছে না। বললে,” দেব, নিশ্চয় দেব, আগে পাই।”

নৃসিংহ, সূর্য্যনারায়ণ, সহস্রতিলক

দক্ষিণের জানালাটা খুলতে খুলতে সূর্য্যনারায়ণ বলে,” নৃসিংহ তুমি এই ঘরে থাকবে।” নৃসিংহ দেখে ঘরে পুরাতন সব আসবাব পত্র। কিন্তু একটুও ধূলো নেই। একানে পালঙ্ক, পরিপাটি করে রাখা মাথার বালিশ, পাশ বালিশ আর গায়ে দেবার চাদর। পাশে টেবিলের ওপর জলের গেলাস। মেঝেতে কারুকার্য্য করা মার্বেল। পাশেই জানালার কাছেই একটা টেবিল আর চেয়ার। বোধহয় এখানে বসে লেখাপড়ার কাজ করতে পারবে। টেবিলে বিলিতি সেজ বাতি। কাঁচের ফানুসটা যেন সদ্য পরিষ্কার করা। প্রাসাদের কাজের লোকেরা সত্যিই কাজে ফাঁকি দেয় না। দেওয়ালে বিলিতি অয়েলপেন্টিং । কোনটা জঙ্গলের, কোনটা জলপ্রপাতের, কোনটা মেমসাহেবের কোলে বাচ্ছা। দেওয়ালে সূক্ষ্ম তুলির কাজ। সব মিলিয়ে কেমন অপূর্ব একটা উন্মাদনা ! ঘড়িটা বেজে উঠতেই নৃসিংহ দেখল যে একটা

কলের পাখি বেরিয়ে এসে ডেকে ডেকে আবার ভেতরে ঢুকে গেল। সেই দেখে নৃসিংহ ভাবল সে কি বন্দী হয়ে গেল ? নাঃ, এসব চিন্তা মনে না এনে সূর্য্যকে জিজ্ঞেস করল," আপনি কোন ঘরে থাকেন?" "ওপরে", সূর্য্য বলে," আমাকে আপনি আজ্ঞে নয় , তুমি বলবে এখন থেকে বুঝলে ? বিশ্রাম করে নাও। সন্ধ্যার পর বাবাকে আর পাবে না। তাই বিকেলে বাবার সঙ্গে যা কথা হওয়ার হবে। আমি চলি। যা দরকার মহিমকে বোলো।"

সূর্য্যনারায়ণ চলে গেল । মহিম খাবার নিয়ে ঘরে ঢুকল। লুচি, তরকারি, বেগুনভাজা আর রসগোল্লা। দেরি করল না নৃসিংহ, খাবারটা আত্মসাৎ করে টানটান হয়ে শুয়ে পড়ল বিছানায়।

বিকেলে মহিম এসে ডেকে নিয়ে গেল নৃসিংহকে। রাজামশাই সুন্দর একটা আরাম কেদারায় বসে মনের সুখে গড়গড়া টানছিলেন। ঘরের মধ্যে অম্বুরি তামাকের গন্ধ ম' ম' করছে। নৃসিংহ দাঁড়িয়ে রইলো।

"শোন, আমি হরিহর দেওয়ানকে বলে দিয়েছি তোমায় তাঁর সহকারী করে কাজ শেখাতে। তোমার মাহিনাও ঠিক করে দিয়েছি। তোমার যাবতীয় সব খরচ রাজবাড়ির। সূর্য্যনারায়ণের কাছে লেখাপড়া করবে। বাকি সময়টা দুজনে মিলে কাটাবে।"

নৃসিংহ রাজবাড়ির একজন হয়ে গেল।

ক্রমে ক্রমে সূর্য্যনারায়ণ ও নৃসিংহ পরিণত বয়সে এসে পৌঁছয়। এখন সূর্য্যনারায়ণের বিয়ের প্রস্তুতি রাজবাড়িতে। গুরুবংশের মেয়ে হতে হবে তাকে যে হবে সূর্য্যের ভাবী স্ত্রী। সুন্দরী যে হতে হবে তা বলাই বাহুল্য। খোঁজ খোঁজ , চারিদিক তোলপাড় করা গেল। শেষে পাওয়া গেল গুরুবংশের মেয়ে। নামটা অদ্‌ভুত! সহস্রতিলক নাম তার। ডানা কাটা পরী বললে কম বলা হয়! যেমন তার দুধে আলতা রঙ, তেমনি তার নাক, মুখ, চোখ ও চুলের বাহার! কন্দর্পনারায়ণ বুঝলেন এই হবে গড়শিব্রামপুরের ভবিষৎ রাণী।

বিয়ে হয়ে গেল শুভদিনে,
সাত গাঁয়ের লোক খেলে। প্রচুর দান ধ্যানও হল। ধন্য ধন্য পড়ে গেল চারিদিকে। সবাই খুশী! নৃসিংহের তদারকিতে সুষ্ঠভাবে বিয়েটা সম্পন্ন হল। সবাই বুঝল নৃসিংহ কাজের লোক এবং লোকজনদের দিয়ে কাজ করিয়ে নিতে পারে।

হরিহর অবসর নেবার পর নৃসিংহই রাজস্ব আদায় পত্র করতো এবং বেশ দক্ষ ভাবে।

তাই আগের থেকে রাজবাড়ির রমরমা বেড়েছে। কিন্তু হঠাৎ ইন্দ্রপতন। কন্দর্পনারায়ণ বৌমার হাতে রাজ্যপাট তুলে দিয়ে চোখ বুজলেন। সূর্য্যনারায়ণের বিষয়সম্পত্তির ওপর বিশেষ টান নেই। শরীরও তেমন ভাল নয়। কন্দর্পনারায়ণের দুঃখ ছিল নাতির মুখ দেখলেন না বলে। যাইহোক শেষে রাজবংশের

কুলতিলক আসার সম্ভাবনা দেখা দিল। সহস্রতিলক সন্তান-সম্ভবা! সূর্য্যনারায়ণ খুশী কিন্তু রাণী সহস্রতিলক ততটা নন। কি যেন একটা খটকা মনের মধ্যে। নানান অসুখে ভুগছিলেন সূর্য্যনারায়ণ। শরীর দুর্বল তাই বিষয়ের কাজ সামলান নৃসিংহ। তার খতিয়ান নেন রাণী সহস্রতিলক। খুরধার বুদ্ধি রাণীর। নৃসিংহের ওপর অগাধ বিশ্বাস রাণীর। নৃসিংহও তার কাজকর্মে অনলস। সময়ে অসময়ে অন্দরমহলে রাণীর সঙ্গে শলা পরামর্শ করতে আসেন।

রাণীর প্রসবের সময় ঘনিয়ে আসে। প্রাসাদের সবাই অনভিজ্ঞ এ ব্যাপারে। দাই মা একমাত্র ভরসা। পুত্রসন্তান প্রসব করলেন রাণীমা। পুত্রের মুখ দেখলেন সূর্য্যনারায়ণ সহস্র স্বর্ণমুদ্রা দিয়ে। বেশীদিন সুখ সহ্য হল না সূর্য্যনারায়ণের। ইহলোক ত্যাগ করলেন সূর্য্যনারায়ণ অল্প ভুগে।

কি হবে এবার? কি ভাবে চলবে রাজ্যপাট ? হাল ধরলেন নৃসিংহ ও রাণী সহস্রতিলক। রাজকুমার নেহাতই ছেলেমানুষ। নৃসিংহ আদায় পত্রে ব্যস্ত আর রাণীমা অন্দরমহলে। রাজকুমার খেলতে খেলতে চলে যায় সামনের জঙ্গলে। সঙ্গে পাইক আর ধাই মা। একদিন রাজকুমার খেলতে গিয়ে আর প্রাসাদে ফিরলেন না। তোলপাড় করে খোঁজা হল তাকে। ধাইমা ও পাইক নবসুন্দরকেও পাওয়া গেল না। রাজবাড়ি মুষড়ে পড়ল। নৃসিংহ অন্তরে বিচলিত হলেও বাইরে ধীর স্থির। আঁচ করতে পারছেন না

ব্যাপারটা। রাণীমা উদ্বেল কিন্তু সামলে নিচ্ছেন নিজেকে। তবে কিছুটা উদাসীনতা বেড়েছে তাঁর। রাজধর্ম বলে কথা ! ভিতরে যাই চলুক না কেনবাইরে তা প্রকাশ করা যাবে না কোনমতে।

পিসীর বাড়ি, বিশ্বম্ভর ও সুমন্ত্র

সরকার অ্যান্ড মিত্র কোম্পানির আপিসটা খুঁজতে চলে বিশ্বম্ভর। সামনেই হাইকোর্ট, কি বিশাল বাড়ি রে বাবা! ইংরেজ আমলের বাড়িগুলো বেশ সুন্দর।

তাকিয়ে তাকিয়ে যাচ্ছে বিশু। ধাক্কা লাগল এক কালো কোট পড়া উকিল বাবুর সঙ্গে।

"উজবুক কোথাকার।" উষ্মা প্রকাশ করেন উকিলবাবু।

"আজ্ঞে ভুল হয়ে গেছে উকিলবাবু", বিশু বলে। “নতুন আসা হচ্ছে বুঝি? কোর্টের কোন কাজ আছে না কি?” উকিল বাবুর ব্যগ্রতা। “আজ্ঞে সরকার অ্যান্ড মিত্রের আপিসটা কোথায় বলতে পারেন?” বিশু বলে। “ওঃ, সামনের বাড়ির তিন তলায়।” নিরাসক্ত গলায় উত্তর দেন উকিলবাবু।

বিশু গেটের সামনে দেখে সিঙ্গাড়া ভাজা হচ্ছে। তারপর কায়দা করে নানান মশলা টশলা দিয়ে সেগুলোকে খদ্দেরদের দিচ্ছে দোকানদার। আর একজন জিলিপি তৈরী করছে । তার গ্রামের মত নয় জিলিপি গুলো। এগুলো বেশ বড় বড় আর

রঙটাও আলাদা। খাওয়ার লোভটা সামলাতে পারল না।

বেশ খেতে, তারিয়ে তারিয়ে খেয়ে এক ভাঁড় চা ও খেল বিশু। পেটটা ভরল খানিকটা। এরপর সিঁড়ি দিয়ে উঠতে উঠতে মনে হল তিনতলা নয় ছতলায় উঠছে। কি বড় বড় তলা! সামনেই সরকার অ্যান্ড মিত্রের আপিসের বোর্ড। ঢুকবে কি ঢুকবে না ভেবে স্প্রিং দেওয়া কাটা দরজাটা ঠেলে ঢুকে পড়ল বিশু।

"কি চাই ?" সামনেই একজন বসে।

"আজ্ঞে এই চিঠিটা পেলাম, তাই দেখা করতে এলাম।"

"দেখি কি চিঠি ?" বলে হাত বাড়ালেন লোকটি। বিশু চিঠিটা দিতে

সেটা নাড়াচাড়া করে বললে ,"বসুন, স্যারকে দেখাতে হবে।" বলেই ঢুকে গেল কাঁচের দরজা দিয়ে ঢুকে গেল তার স্যারের কাছে।

"আসুন, স্যার ডাকছেন আপনাকে।"

গুটি গুটি লোকটার পিছনে যেতে যেতে বুকের টিপটিপানি শুনতে পাচ্ছিল বিশু।

"আসুন বিশ্বম্ভর বাবু, বসুন।" সামনের চেয়ারটা দেখিয়ে দিয়ে বললেন

অনল মিত্র মশাই। সরকার অ্যান্ড মিত্র কোম্পানির অংশীদার শ্রীযুক্ত অনল মিত্র মশাই। মোটা কালো ফ্রেমের চশমা তায় পুরু কাঁচের লেন্স।

ঠিকমত চোখে চোখ রাখতে পারছিল না বিশু। মিত্র মশাই বললেন," প্রতিমাসুন্দরী দেবী তো আপনার পিসীমা ছিলেন ?"

"হ্যাঁ" জড়িত স্বরে উত্তর দিল বিশু।

"শুনুন, আপনার পিসীমার উইল মোতাবেক আপনি তাঁর ত্যক্ত সম্পত্তির একমাত্র উত্তরাধিকারী। তবে...।" তবে আবার কেন? বিশু ভাবে কপালটা তার চিরকালই খারাপ। "না না, ঘাবড়ানোর কিছু নেই। শুধু আপনার পিসীমার শেষ ইচ্ছা যতদিন না পর্য্যন্ত বিষয় আশয়ের আইনত ব্যবস্থা হচ্ছে আপনাকে আপনার পিসীর গ্রামের বাড়িতে থাকতে হবে এই মাত্র।" বিশু চিন্তা করতে লাগল পিসী কেন এ কথা লিখলেন যখন জানতেন যে বিশুর নিজস্ব কিছু জমি জমা আছে আর সেগুলো দেখাশোনার ব্যপারে বিশু ছাড়া আর কেউ নেই। আর তাছাড়া সুনয়নী ও খোকার কথা তো ভাবা উচিত ছিল। তাকে সেখানে একাই থাকতে হবে কারণ সুনয়নী কোনমতেই যাবে না সেখানে।

"এত ভাবছেন কেন মশাই ? বেশিদিন থাকতে হবে না সেখানে। যত তাড়াতাড়ি পারব ব্যবস্থা করার চেষ্টা করব।" অনল বাবু বললেন।

"মানে এখন থেকেই কি থাকতে হবে সেখান ?" বিশু জিজ্ঞেস করে। " হ্যাঁ , আর শুনুন আমাদের পারিশ্রমিকের ব্যাপারে কিছু ভাবতে হবে না। উনি সব ব্যবস্থা করে গেছেন।" অনল বাবু বললেন। হাঁপ ছেড়ে বাঁচল বিশু।

ছোটবেলায় মাঝে মধ্যে পিসীর বাড়ি থাকত সে। বিরাট বাড়ি, কত জানালা, দরজা ! বৈঠকখানা ঘরে তো ফুটবল খেলা যেত। দেওয়ালে কাজ করা আয়না, ছাদ থেকে ঝুলত ঝাড়বাতি। আর হ্যাঁ চোখে পড়ার মত ছিল একটা তৈলচিত্র। পিসীর শ্বশুর মশাই নৃসিংহ রায় কেশরী। অতবড় দশাসই চেহারার লোকটা শেষে কি না দিনরাত বিছানায় শুয়ে থাকতেন।

কি যে অসুখ হয়েছিল বিশু জানে না। রাতে যখন পিসীর ঘরে পিসীর কাছে শুত তখন থেকে থেকে চিৎকার শুনত নৃসিংহের ঘর থেকে " বউমা, ওকে বারণ কর, বারণ কর । ছেলেটা মরে যাবে যে!" ভয়ে আঁকড়ে ধরত বিশু তার পিসীকে। পিসী বলত ," ও কিছু না । বাবা মাঝে মাঝে স্বপ্ন দেখেন।" সারাদিন মুখ দিয়ে কথা সরত না নৃসিংহের। কেবল রাত হলেই চিৎকার। রাতে বাইরে প্যাঁচার ডাক, দূরে শেয়াল গুলো সমানে অদ্‌ভুত সুরে কাঁদত। আর মনে হত কে যেন কি হাঁতড়ে বেড়াচ্ছে সারা বাড়িটায়। তার সঙ্গে নৃসিংহের বুকফাটা চিৎকার। মনে হত কাল সকাল হলেই চলে যাবেই যাবে।

কিন্তু সকাল হলেই ভীষণ ভাল লাগত বাগানে খেলতে। পাশের গ্রাম থেকে মালতী আসত পূজার ফুল তুলতে। বিশুর সঙ্গে পাল্লা দিয়ে ফুল তুলত সে। তারপর অনেকক্ষণ ধরে খেলা। আগে সুমন্ত্রের সঙ্গে খেলত। সেবার পিসীর বাড়িতে গিয়ে শোনে সুমন্ত্রকে আর পাওয়া যাচ্ছে না। কোথায় গেল সুমন্ত্র ? সুমন্ত্রই ছিল বিশুর বন্ধু।কত রকমের খেলা জানত সুমন্ত্র। একদিন বলে,” তান্ত্রিক তান্ত্রিক খেলা খেলি। আমি তান্ত্রিক আর তুই বলি। আমি তোর গলাটা কেটে তোকে মেরে ফেলব। তারপর মন্ত্র বলে জল ছিটিয়ে তোকে আবার বাঁচিয়ে তুলব, আয়।” একটা গাছের ডাল নিয়ে মিছিমিছি তলোয়ারের মত বিশুর গলায় বসাত। বিশুও চোখ বুজিয়ে মরে যাওয়ার ভান করত। তারপর সুমন্ত্র জল নিয়ে বিড়বিড় করে বিশুর গায়ে ছেটাত আর বিশুও তড়াক করে লাফিয়ে করে উঠে পড়ত। বিশু বলে,“ এসব শিখলি কোথায় ?” “কেন ? নদীর ধারে একজন অবধূত থাকে, তার কাছ থেকে।

কত কি জানে লোকটা ? যে কোন লোককে সম্মোহন করে ঘুম পাড়াতে পারে। কার পকেটে কত টাকা আছে বলে দিতে পারে। দেশলাই ছাড়াই কৌটোর মধ্যে আগুন জ্বালাতে পারে । বলে ওর না কি একটা পোষা পিশাচ আছে। ওরাই সব করে। ও না কি পিশাচ সিদ্ধ ! “ “পিশাচ কি রে ?” সভয়ে প্রশ্ন করে বিশু। “বোধহয় ভূত টুত হবে, জানি না। তবে দেখেছি অবধূত শ্মশানে চিতার ওপর বসে কি সব যজ্ঞ টজ্ঞ করে। আমায় এমন জিনিষ শিখিয়ে দেবে

যাতে করে আমি নিঃশ্বাস না নিয়েও বেঁচে থাকতে পারব। " সুমন্ত্রের মুখটা উজ্জ্বল হয়ে উঠল। বিশু বলল," সে কি রে?

তোকে মাটির তলায় পুঁতে দিলেও তুই বেঁচে থাকবি?" "হ্যাঁ রে অবধূত বলেছে।"

সুমন্ত্র বিশ্বাসের সঙ্গে বলে। বিশু বলে," আচ্ছা অবধূত মড়ার মাথার খুলি চালাতে পারে ? আমাদের গ্রামে একজন আছে, সে পারে।"

"ধূর, মড়ার খুলি আবার নড়ে নাকি ? নেংটি ইঁদুর ভরে রাখে , তারপর খুলিটা হাত দিয়ে নাড়লেই ইঁদুরটা ভয় পেয়ে ছোটে আর লোকে ভাবে মড়ার খুলি চলছে।" সুমন্ত্র হাসতে থাক। " তুই জানলি কি করে ?" বিশু অবাক! " আমি তো দেখে ফেলেছি একদিন। তাইতো অবধূত কারোকে বলতে মানা করেছে। তার বদলে উনি তো আমায় জীয়ন মন্ত্র শেখাবেন।" বিশু সভয়ে বলে ওঠে," দেখ সুমু, আমার কেমন ভয় ভয় করছে।" পিসীকে কথাটা বলতেই পিসী বলে উঠল," তাইতো ! ব্যাপারটা ভেবে দেখতে হবে।" আর ভেবে দেখার সময় পায় নি পিসী। ডাক্তার বাবুর পরামর্শে হাওয়া বদল করতে অসুস্থ পিসেমশাইকে নিয়ে কাশী যেতে হল তাঁকে। সঙ্গে বিশু। পিসে ফিরে এসে আরো অসুস্থ হয়ে পড়লেন। বেশীদিন বাঁচলেন না , চলে গেলেন। পিসী বিধবা হলেন। রইলেন শুধু পিসী আর বিছানায় পড়ে থাকা বৃদ্ধ শ্বশুরমশাই নৃসিংহ রায়কেশরী।

কলকাতায় বিশু

হাওড়া ব্রিজের ওপর হাওয়াটা বেশ জোর। চোখটা লেগে গেল বিশুর। কিন্তু পাশের লোকের খোঁচায় তন্দ্রাটা কেটে গেল বিশুর। " কন্ডাকটার টিকিট চাইছিল মশাই।" শুনে হাত বাড়িয়ে টিকিটের পয়সাটা দিল বিশু। আজ হাওড়ায় থাকতে হবে শশধরের কাছে। কাল রওনা হবে গ্রামের দিকে। শশধর বিশ্বম্ভরের ছোটবেলার বন্ধু। কাজ করে কলকাতায়। তাই কর্মসূত্রে একটা মেস বাড়িতে থাকে হাওড়ায়, কম পয়সায়। তারই কাছে উঠেছে বিশ্বম্ভর। অনল মিস্তিরের কাছে যা কাগজপত্র সই করার ছিল করে এসেছে আজ। মাথাটা ঝিম্ ঝিম্ করছে।কত ঝামেলা !

বেশ ছিল চাষবাস নিয়ে, যদিও অভাব অনটন লেগেই থাকত। সুনয়নী ও তার মায়ের ঠেস্ মারা কথা শুনে এসেছে বিয়ের পর থেকেই। এই প্রথম রুইমাছের মুড়ো খাওয়াবার জন্যে ব্যস্ত হয়ে উঠলেন শাশুড়ি ঠাকরুণ। এইবার তার সুদিন আসছে। একটু আধটু ঝক্কি বই তো আর কিছুই নয়। মাথা উঁচু করে চলতে পারবে সে। নাহ্, পিসী তাকে সত্যিই ভালবাসত। আর বাসবে নাই বা কেন? সাতকুলে কেউ আছে না কি ?

সুমন্ত্রটা পিসীর কাছে ঘুরঘুর করত , পিসীর নেকনজরে ছিল । সে উবে যাওয়ার পর বিশু ছাড়া আর কেউ ছিল না পিসীর।

"কি রে সব মিটল ?" শশধর প্রশ্ন করে বিশুকে। জামাটা খুলতে খুলতে বিশু বলে," এত তাড়াতাড়ি সব মিটবে? সবে তো কলির সন্ধ্যা। এখন আবার আমায় পিসীর বাড়ি গিয়ে থাকতে হবে পিসীর শেষ ইচ্ছে। উইলে আছে। সব মিটে গেলে আর কোন বাধ্যবাধকতা থাকবে না।" শশধর বলে," সে তো ভাল কথা । সব দেখেশুনে বুঝে নে। শুনেছি তোর পিসীর বাড়ি তো অনেক পুরোনো। গুপ্তধনও তো থাকতে পারে। তোর কাছেই শুনেছি তোর পিসীমার শ্বশুরমশাই এক জাঁদরেল দেওয়ান ছিলেন গড়শিব্রামপুর এস্টেটের। প্রচুর কামিয়েছেন নিশ্চয়। সব কি খোলামেলায় রেখেছেন? " বলে হাসতে লাগল শশধর। কথাটা ছোঁয়াচে রোগের মত বিশুর মস্তিষ্কে ঢুকে পড়ল। ঐ বাড়িতে একা থাকতে হবে ভেবেই বিশুর অস্বস্তি শুরু হয়ে গেছিল সরকার অ্যান্ড মিত্র কোম্পানির আপিসেই। আবার শশধরের কথায় লোভটা চাড়া দিচ্ছে। বিশু চিরকালই নির্লোভী। কিন্তু আজ তার কি হল? দু'পয়সা বেশি আমদানি হলে ক্ষতি কি? ভাবে বিশু।

শশধরের খাবার আসে পাশের হোটেল থেকে। কলকাতার লোকেরা ভাত কম খায়। বিশুর পোষায় না। এ কথা জানে শশধর। তাই বিশুর জন্যে চার প্লেট ভাত। সঙ্গে ডাল, সবজি , আর মাছের ঝোল

আর এক চিলতে লেবু। লেবুটা চটকাতে চটকাতে বিশু বলে," কাল খুব ভোরে বেরোব না হলে সময়মত সব কাজ করা যাবে না। বাড়ি যেতে হবে। সুনয়নীকে বুঝিয়ে সুঝিয়ে আবার পিসীর বাড়ি গিয়ে থাকতে হবে। কদ্দিন কে জানে?" শশধর বলে," সেই ভাল।" বিশুকে শশধর পছন্দ করে।

সুবিধে অসুবিধেতে দুজনে দুজনের কাজে আসে। পিসীর সম্পত্তি পেলে বিশুর অবস্থা স্বচ্ছল হবে। শশধর ভাবে এতে দুজনেরই ভাল। "কিছু দরকার হলে বলিস্।" শশধরের কি মনে হতে কথাটা বলল। বিশু ইতস্ততঃ করছে দেখে শশধর বুঝলে। আলমারি থেকে কিছু টাকা বিশুর হাতে গুঁজে দিল। বিশু ভাবে এই না হলে বন্ধু! বিশু আরো ভাবে, শশধর এখন তার পৈতৃক বাড়ির সংস্কারের কাজে হাত দিয়েছে। এখন তার টাকার টান তবু বিশুকে সে সাহায্য করছে।

এই না হলে বন্ধু ?

এখন বিশুর সুদিন আগত। সে শশধরকে সাহায্য করবে না সে কি হতে পারে? বিশুকে কিংকর্তব্যবিমূঢ় দেখে শশধর বলে ওঠে," কি রে, বাস ধরবি না?"

বিশুর চটক ভাঙ্গে, ছোটে বাস স্টপেজে।

কাশীতে পিসীমার সঙ্গে বিশু

হরসুন্দর ও বিশুকে নিয়ে প্রতিমাসুন্দরী যখন কাশী পৌঁছলেন তখন শীতের আমেজে কাশীধাম ভরপুর। বরুণা ও অসি এই দুই নদীর নামে বারাণসী বা কাশীধাম।

পুণ্যতোয়া গঙ্গার পশ্চিম পাড়ে বরুণা ও অসি নদীর সঙ্গমে হিন্দুদের পবিত্র তীর্থ।গ ঙ্গাতীরের এই প্রাচীন জনপদ বারাণসী।

একাধারে তীর্থক্ষেত্র এবং ঐতিহাসিক শহর। হিন্দুরা বিশ্বাস করেন, গঙ্গায় একটি ডুব দিয়ে বিশ্বনাথের মন্দির দর্শন করলে মোক্ষ লাভ করা সম্ভব। সাহেবদের কাছে বেনারস। ভারতবর্ষের প্রাচীনতম জনপদের একটি এই কাশীধাম। এখানে ভোলা মহেশ্বর বাবা বিশ্বনাথ নামে বিরাজ করেন।

মা গঙ্গা যেন কাশীর প্রাণপুরুষ বাবা বিশ্বনাথের পা ছুঁয়ে চলেছেন। বাবা বিশ্বনাথের কাছেই বিরাজ করেন মা অন্নপূর্ণা। এখানে কেউ অভুক্ত থাকে না। এখানে কত ঘাট যেমন দশাশ্বমেধ ঘাট, মণিকর্ণিকা ঘাট যেখানে ভাগ্যের ফেরে রাজা হরিশচন্দ্র শ্মশানে মৃতদেহ সৎকারের কাজ করতে হয়েছিল, সে কাহিনী অতীব করুণ, কথিত আছে বিষ্ণুচক্রে ছিন্ন সতীদেহের চোখের মণি পড়েছিল তাই নাম মণিকর্ণিকা, চৌষট্টি ঘাট, কেদার ঘাট, ওসি ঘাট ইত্যাদি। সব মিলিয়ে অষ্টআশিটি ঘাট আছে।

শিবকল্প মহাযোগী ত্রৈলঙ্গ স্বামী চলন্ত শিব নামে পরিচিত ছিলেন কাশীতে। প্রবাদপুরুষ যোগীরাজ শ্রীশ্যামাচরণ লাহিড়ীর আবাসস্থলও এই কাশী।

দশাশ্বমেধ ঘাট বারাণসীর প্রধান ঘাট। এটিই সম্ভবত বারাণসীর প্রাচীনতম ঘাট। কাশী বিশ্বনাথ মন্দিরের কাছে অবস্থিত। হিন্দু বিশ্বাস অনুসারে, ব্রহ্মা শিবকে স্বাগত জানাবার জন্য এই ঘাট তৈরি করেছিলেন এবং এখানে দশটি অশ্বমেধ যজ্ঞের আয়োজন করেছিলেন।এসব কথা প্রতিমা সুন্দরী ও হরসুন্দরের কাছে শুনল বিশু। ওদের অনেক পড়াশোনা তাই এত সব জানেন। দশাশ্বমেধ ঘাটে সারি সারি ছাতা লাগিয়ে পণ্ডিতেরা বসেন যজমানের অপেক্ষায়। মা গঙ্গায় চান ও পূজা সেরে পিতৃপুরুষের তর্পণ করে যেন আত্মার শান্তি হয় সারা ভারতবর্ষের লক্ষ লক্ষ তীর্থ যাত্রীর।

আর আছে কাশীর বিখ্যাত সরু গলিতে ষাঁড়ের অবাধ বিচরণ। শিবের বাহন তাই না কি কেউ কিছু করে না। বিশু জীবনে এত বড় বড় বেগুন ও পেয়ারা দেখেনি। রামনগর গঙ্গার অপর পাড়ে। গঙ্গা এখানে উত্তরবাহিনী। রামনগরে কাশীর রাজার সুদৃশ্য প্রাসাদ। কাশীর মন্দির আর গলি ঘুরতে ঘুরতে ক্লান্ত বিশুরা। পিসেমশাই আর ধকল নিতে পারছেন না।ধর্মশালায় ফেরার আগে বিশুরা একটা বিশুদ্ধ ভোজনালয়ে ঢুকে গরম গরম কচুরি ও তরকারির সদগতি করলে। সঙ্গে কাশীর বিখ্যাত রাবড়ি।মা লাইটা এখনও চেখে দেখা হয় নি তবে

হবে শীগগিরই। পিসীমা কথা দিয়েছে। কাছেই লঙ্কা, সেখানে প্যাহালোয়ানের দোকানের লস্যি খেলে জীবনে ভোলা যায় না। কাশীতে বেশ কিছুদিন কাটিয়ে হরসুন্দর, প্রতিমাসুন্দরী ও বিশু ফেরার ট্রেণ ধরলে। ফিরে এল সবাই নির্বিঘ্নে। সুমন্ত্রের নিঁখোজ হওয়ার ব্যাপারটা চাপা পড়ে গেল।

পিসীর বাড়িতে বিশ্বম্ভর

সুনয়নীকে বুঝিয়ে সুঝিয়ে পিসীর বাড়ি পৌঁছতে বিশুর বেশ দেরীই হল। সন্ধ্যা হয় হয়। ঝোলা ব্যাগটা আঁকড়ে পায়ে পায়ে এগিয়ে চলে বিশু। পিসীর মৃত্যুর সময় এসেছিল সে শেষবার। বাড়িতে ঢোকার সময় দেখল নুটুকাকা বাড়ির দরজায় দাঁড়িয়ে । নুটুকাকা এখনো বেঁচে আছে। কি পরিশ্রমটাই না করত লোকটা। ছেলের নিঁখোজ হয়ে যাওয়ার শোকে ও বয়সের ভারে একটু কুঁজো হয়ে গেছে।

সুমন্ত্রের জন্যে বিশুর মনটা ভিজে উঠল। "এসে গেছ? উকিলবাবু বলছিলেন তুমি আসবে। এস, ভিতরে এসে বস।" নুটবিহারী এগিয়ে যেতে যেতে বলে। " আপনি এ বয়সে বাইরে দাঁড়িয়ে অপেক্ষা করছিলেন কেন? ঠান্ডা লাগবে যে।" বিশুর কথা

শুনে নুটুকাকা বলে উঠলেন," আর ঠান্ডা, সবাই চলে গেলেন । শেষে মা ঠাকরুণও। আর বেঁচে থাকার ইচ্ছে নেই বাবা। সাবধানে এস, পুরোনো বাড়ি।" বৈঠকখানার দরজাটা খুললেন নুটবিহারী। ক্যাঁচ করে একটা গা শিরশিরে আওয়াজ করে দরজাটা খুলে গেল। লন্ঠনের আলোয়ে বৈঠক খানার দেওয়ালের আয়নাগুলো ঝলমল করে উঠল। বিশুর মনে হল যেন অনেক ছায়ামূর্তি সরে গেল মুহূর্তে।

একটু ভয়ভয় করছে। "বিকেল থেকে বিজলী নেই। তবে রাতে এসে যাবে, চিন্তা নেই।" নিস্তব্ধতা ভেঙ্গে নুটুকাকার গলার আওয়াজটা যেন আকাশবাণী মনে হল বিশুর। ছোটবেলা থেকেই এই ঘরে ঢুকলেই বিশুর গা টা যেন কেমন কেমন করে। নৃসিংহের ছবিটা আলো আঁধারে যেন জ্যান্ত মনে হল। এই বৈঠকখানা ঘরের মধ্যে দিয়েই ওপরে ওঠার সিঁড়ি। খিড়কির দিকে আরেকটা সিঁড়ি আছে অবশ্য। সেটা নিশ্চয় সংস্কারের অভাবে ব্যবহারের অযোগ্য।

দোতলায় পিসীর ঘরটা খুলতে খুলতে নুটুকাকা বলে," মুখ হাত ধুয়ে নাও। এখনি চা আসবে, খেয়ে নিও। রাতে ভাত না রুটি?"

বিশু মুখ হাত পা ধুয়ে এসে লন্ঠনের আলোটা বাড়িয়ে দিলে। এ ভাবে থাকতে হবে বেশ কিছুদিন , এই ভেবেই বিশুর মনটা খারাপ হয়ে গেল। বাড়িতে থাকলে ছেলেটার সঙ্গে হৈ হৈ করে সময় কেটে

যেত। এ একেবারে অন্য জগৎ। কি আর করে! বিষয় আশয় টাকাকড়ির ব্যাপার বলে কথা। কটা দিন বই তো নয়। উকিলবাবু তো বলেইছেন।

"দাদাবাবু চা ।" সামনেই দাঁড়িয়ে এক মাঝবয়সী মহিলা। যেন ঘরের ভেতরেই ছিল।" আপনি কে?" রিশু দ্বিধাগ্রস্ত। "আমি সুভদ্রা, আমি এখানে রান্নাবান্নার কাজ করি।" কাজের মেয়েটি বলে," রাত ন'টার মধ্যে খেতে দেব দাদাবাবু , দাদুও ঐ সময় খেয়ে নেন।" দাদু মানে নুটবিহারী। "বেশ" বলে বিশু ব্যাগ থেকে জামাকাপড় বার করে আলনায় রাখতে ব্যস্ত হয়ে পড়ে। সুভদ্রা যে কখন ঘর থেকে চলে গেছে খেয়াল করে নি বিশু, বোধহয় চা খেয়ে ঘুমিয়ে পড়েছিল।

যা ধকল গেছে আজ! হঠাৎ বাড়ির ঘড়িগুলো একসঙ্গে বেজে উঠল। সবই বিলিতি চাইমিং ক্লক। পিসেমশায়ের কাছে চাইমিং কথাটা শুনেছিল বিশু। ন'টা বাজল।

সুভদ্রা রাতের খাবারের থালা নিয়ে ঘরে ঢুকল, "দাদাবাবু খেয়ে নিন, আমায় আবার এতটা যেতে হবে। মিনসেটা অপেক্ষা করবে।"

বিশু তার দিকে না তাকিয়ে বলে," সুভদ্রা, তুমি রাতে এ বাড়িতে থাকলেই পার।"

"পাগল না কি ? এ বাড়িতে রাত কাটানো? সারারাত ফিসফিসানি চারিদিকে। কান্নার আওয়াজ তো

লেগেই থাকে। এক রাত্তির থেকেই মালুম হয়ে গেছে।ঐ দাদুই থাকতে পারে। ও কানে কম শোনে তাই! আমার ছেলেমেয়ে আছে , আমি কি বেঘোরে প্রাণ হারাব এখানে?" শুনেই বিশুর গলায় ভাত আটকে গেল। তাড়াতাড়ি জলের গ্লাসে লম্বা একটা চুমুক দিয়ে কোনমতে বিষম খাওয়াটা আটকাল। " যন্তোসব গাঁজাখুরি কথা।কতদিন কাটিয়েছি এ বাড়িতে পিসীমার সঙ্গে। "

" সে অন্য কথা মা জননীর রাশ ভারী ছিল । এখন অন্যরকম। যাক্ গে যাক্ , এই রাতবিরেতে তেনাদের কথা আর কইতে হবে না।" এই বলে সুভদ্রা থালা বাসন নিয়ে চলে গেল। কিছুক্ষণ পরেই আলো চলে এল। বিশুর সাহসটা যেন কোথা থেকে ফিরে এল।

ভাতটা একটু বেশিই খাওয়া হয়ে গেছ। দক্ষিণের বারান্দায় দাঁড়িয়ে দূরে জোনাকির ঝিকিমিকি দেখতে লাগল বিশু। যেখানে পুকুরটা শেষ হয়েছে তার ডান ধারে অনেক কচুবন গজিয়ে উঠেছে। দেখাশোনার অভাবে জায়গাটা একদম পরিষ্কার নয়। আধ খাওয়া চাঁদের আলোয়ে বিশু স্পষ্ট দেখতে পেল এক ছায়ামূর্তি ধীরে ধীরে পুকুরের জলে নেমে গেল। খুব ভাল করে দেখার চেষ্টা করেও কিছু হদিশ করতে পারল না বিশু। মনের ভুল মনে করে বিশু অন্যদিকে তাকায়। এত রাতে কে নামবে পুকুরে ? নিশ্চয় আলো আঁধারির খেলা! যাক্ গে, এখনতো শুয়ে পড়া যাক্।এই ভেবে কোমরের গেঁজ থেকে

কমলা বিড়ির বান্ডিলটা বার করে তার মধ্যে থেকে একটা বেছে নিয়ে কানের কাছে বিড়িতে চাপ দিয়ে আওয়াজটা পরখ করে একটা ফুঁ দিল।

তারপর বিড়িটা ধরিয়ে ফেলল। একটা সুখটান দিয়ে ধোঁয়াটা ছাড়লে। তখনও ধোঁয়াটা মিলিয়ে যায়নি, দেখে মাঠের মধ্যে দুটো ছায়ামূর্তি। একটা স্থির আর অন্যটা মাঝে মাঝে কাঁপছে। দুহাত দিয়ে চোখদুটো রগড়ে আবার তাকাল বিশু। নাঃ, কেউ কোথাও নেই। কিছু বুঝতে না পেরে ঘরে ঢুকে শুয়ে পড়ল বিশু। বালিশে মাথা রাখতেই একরাশ ঘুম এসে জড়ো হল তার চোখে। বিশু ঘুমিয়ে পড়ল।

প্রকম্পকে অবধূত এই মারে তো সেই মারে। প্রকম্পের দোষটা কি ? না তার কাঁপুনি প্রচণ্ড বেড়ে গিয়েছিল , প্রায় ধরা পড়ে গিয়েছিল বিশুর চোখে। সামনে শিমূল গাছটা ছিল তাই রক্ষে! তারই আড়ালে লুকিয়ে পড়ল বলে বাঁচোয়া। তারা দেখল বিশু ঘরে ঢুকে পড়ল। আস্তে আস্তে আড়াল থেকে বেরিয়ে পিছনের খিড়কি দরজা ঠেলে দুজনে বাড়ির ভেতর ঢুকে পড়ল।

কোন একটা ভারী জিনিষ পড়ার শব্দে ঘুম ভেঙ্গে গেল বিশুর। চোখ মেলে কিছুক্ষণ ধরে তাকিয়ে রইলো সিলিং এর দিকে। তারপর আবার ঘুমোবার চেষ্টা করতে লাগল। হঠাৎ গায়ে একটা ঠাণ্ডা হাওয়ার ঝলক লাগল তার শরীরে। ফিসফিসানির মত কারোর গলা শুনতে পেল বিশু। সে কান খাড়া

করে শুনতে চেষ্টা করল। " অ্যাই বিশে, শুনতে পাচ্ছিস্?

আমি সুমন্ত্র রে , তোর সুমি।" চারিদিক তাকিয়েও কারোকে দেখতে পেল না বিশু। জানালা দিয়ে চাঁদের আলো এসে পড়েছে। সব কিছুই দেখা যাচ্ছে ঘরের , কিন্তু একটু অস্পষ্ট। ছায়া ছায়া স্বপ্নময় পরিবেশ !

বিশু ভাবে স্বপ্ন দেখছে না কি সে ? আবার,সেই ফ্যাঁস ফ্যাঁসে গলা, "বিশে আমি সুমন্ত্র। বন্দী করে রেখেছে আমায় এরা এখানে।" বিশু মনে মনে বলে," কে তোকে বন্দী করে রেখেছে? কোথায় আছিস্ তুই?" উত্তর এল," ঐ অবধূত আর নৃসিংহ দাদু। আমি এই বাড়ির অনেক নীচে অন্ধকারের মধ্যে আছি। এখন আমি যাচ্ছি। কাল আবার আসব এই সময়।" বিশু ঘড়িতে দেখল প্রায় রাত দুটো বাজে। এখনই চাইমিং ক্লকগুলো বাজবে। ভাবতে ভাবতে বিশু বালিশে মুখ গুঁজে গভীর ঘুমে অচেতন হয়ে পড়ল।

সকালটা সেই ছেলেবেলার মত সুন্দর লাগছে। একটা কাঠবিড়ালীকে দুটো শালিক পাখি তাড়া করছে। কাঠবিড়ালীটা এক দৌড়ে একটা গাছের কোটরের মধ্যে ঢুকে গেল। শালিক দুটো অন্য কাজে ব্যস্ত হয়ে গেল। পাশের নিমগাছটায়

টিয়াপাখি ভর্তি। ট্যাঁ ট্যাঁ করে উড়ে যাচ্ছে আবার ফিরে আসছে।

সুমন্ত্রের জন্যে মনটা খারাপ লাগছে। ব্যাপারটা ঠিক বোধগম্য হচ্ছে না কাল রাত থেকে। বিশু নদীর ধারটা ঘুরে আসতে গেল। ধান ভর্তি নৌকোগুলো দেখে নিজের চাষের কথা মনে পড়ে গেল। মনটা উদাস হয়ে গেল।

“আপনি বিশ্বম্ভর বাবু না?”

“হ্যাঁ” পিছন ফিরতে ফিরতে উত্তর দেয় বিশু। এক জটাধারী সন্ন্যাসী দাঁড়িয়ে আছে দেখল।

পরণে রক্তাম্বর, চোখ টকটকে লাল। মুখে প্রছন্ন আক্রোশ। “আপনি প্রতিমা দেবীর ভইপো না?”

উত্তরের অপেক্ষায় না থেকে উপর্যুপরি প্রশ্ন, ” কবে এলেন?” বিশু বলে,” আপনি?”

অবধূত বিশুর আপাদ মস্তক তাকিয়ে নিয়ে বলল,” লোকে আমায় জটাম্বুপাদ অবধূত বলেই জানে। ও বাড়ির দেওয়ানমশাই বরাবর আমার কথা মেনেই চলতেন।”

কথাটা বিশুর বিসদৃশ লাগল। তবু ভদ্রতার খাতিরে বললে, ”আমি এসবের কিছুই জানিনা। শুধু পিসীর হুকুম তামিল করতেই এসেছি।”

“কি হুকুম ? “ জটাম্বুপাদের গলায় কৌতুহল!

"আজ্ঞে......." কথাটা বলা হল না তার আগেই নুটুকাকার ডাকটা শুনতে পেল," ও বিশুবাবা ,ওদিকে যে উকিলবাবু এসে বসে আছেন তোমার জন্যে, এস ।"

উকিলবাবু কেন? এই প্রশ্নটা মাথায় ঢুকতেই ভুরুদুটো কুঁচকে গেল অবধূতের। "যান, আপনি যান পরে আলাপ হবে 'খন।"

বলেই অবধূত কুঠিয়ার দিকে হাঁটা দিল। বিশু দেখল কুঠিয়ার দরজায় এক রিম্ভূতকিমাকার লোক দাঁড়িয়ে আছে। আর মাঝে মাঝেই কেঁপে কেঁপে উঠছে। বিশু চোখের আড়াল হতেই অবধূত গর্জে উঠলেন," তখনই বলেছিলাম তোকে যে তাড়াতাড়ি কর। এখন সমস্তই এই বিশের গর্ভে যাবে।"

প্রকম্প কাঁপতে কাঁপতে বলে ," কেমন করে যাবে ও জানেই না কেমন করে আর কোথা দিয়ে ঢুকতে হয়।" অবধূত ধৈর্য্যহারা হলেন, "ও রে আহাম্মক , এবার তো কড়া পাহারা বসবে, উকিল মোক্তার হবে। তখন আর সুযোগ পাবি না ।"

"তবে?" বিরাট জিজ্ঞাসার চিহ্ন প্রকম্পের মুখে।" তবে আর কি? কাল পরশুর মধ্যেই কাজটা সারতে হবে। বুড়োটা ঢোকবার চাবিকাঠিটা নিজের হাতে রেখে মরে গেল। জানতে দিলে না।" আফশোস করে অবধূত জটাম্বুপাদ।

অসীমবাবু অনল মিত্র মশায়ের লোক । বিশুকে ধীরে ধীরে সমস্ত বুঝিয়ে দিলেন। কিছু কাগজ পত্রও সই করালেন। কিছু টাকাপয়সার ব্যবস্থাও করে দিলেন। বিশু ইতস্ততঃ করতে বললেন, " সঙ্কোচের কি আছে? হিসেবপত্র সব পরে হবে। আপনার কিন্তু কিন্তু করার কিছু নেই।"

দুপুরের খাওয়ার পর ট্রেণ ধরলেন অসীমবাবু। বিশু বিছানায় শুয়ে ভাবলে এখন একটু ঘুমিয়ে নেওয়া বুদ্ধমানের কাজ হবে। কারণ রাতে তাকে সজাগ থাকতে হবে। প্রকম্পকে দেখা অবধি খটকা লাগছে বিশুর। কালকের ছায়ামূর্তিটাও যেন কাঁপছিল। ভাবতে ভাবতে ঘুমিয়ে পড়ল বিশু।

বিশু দেখছে একটা মাঝারি আয়তনের ঘরে সে এসেছে। কেমন করে এসেছে জানে না। তবু আবছা মনে হল , বেশ কয়েক ধাপ সিঁড়ি বেয়ে নেমে এসেছে সে ঘরের মধ্যে। মেঝেটা স্যাঁতসেঁতে। কোথা থেকে জল আসছে দেখতে পাচ্ছে না। ঘরের ভেতর সিন্দুকের মত কালো কালো বাক্স।ভ্যাপসা গন্ধের সঙ্গে পুরোনো বাড়ির ইঁটের গন্ধ মেশানো। সিন্দুকগুলো দেখতে দেখতে বড় ইচ্ছে হল বিশুর হাত দিয়ে দেখে। খোলার ইচ্ছেটা হঠাৎ জাগল আর সঙ্গে সঙ্গে তার ঘুমটাও ভেঙ্গে গেল।

"দাদাবাবু চা", সামনেই দাঁড়িয়ে সুভদ্রা, হাতে চায়ের কাপ। " অনেক বেলা হয়ে গেছে বুঝি ? একটু ঘুমিয়ে পড়েছিলাম।"

"তা হল বটে। বলি রাতে কি খাবেন আজ? খাতির যত্ন তো কিছুই হচ্ছে না। দাদু জিজ্ঞেস করছেন রাতে কি খাবেন? " বিশুর কেমন লজ্জা লজ্জা করল। কেউতো ওকে এরকম কথা বলে না। পিসীর দৌলতে একটু কেউকেটা মনে হল নিজেকে। বললে," দুপুরের খাওয়াটা একটু বেশী হয়ে গেছে সুভদ্রা। তোমার হাতের রান্নাই এর জন্যে দায়ী। তাই রাতে দুটো হাতে গড়া রুটি আর একটা নিরামিষ তরকারি হলেই যথেষ্ট।"

"না, না, দাদাবাবু ডাল তো একটা আমায় করতেই হবে। এ বাড়ির রীতি। সঙ্গে একটু ঘন দুধও থাকবে আপনার জন্যে।" "ঠিক আছে সুভদ্রা।" সুভদ্রা চলে য়েকেই বিশুর মনটা তোলপাড় হতে লাগল সুমন্ত্রের কথা ভেবে। সুমন্ত্রের সেই ফ্যাঁসফ্যাঁসানি কথা আর দুপুরের সেই স্যাঁতস্যাঁতে ঘরের স্বপ্ন, সঙ্গে কালো কালো সিন্দুকের সারির কথা মনে হতেই একই সঙ্গে উত্তেজনা আর ভয় খেলা করতে লাগল।

দক্ষিণের বারান্দায় পায়চারি করতে লাগল বিশ্বম্ভর। দুপুরের খাওয়াটা এখনও হজম হয়নি মনে হয়। ধীরে ধীরে সন্ধ্যা নেমে এল সামনের ঝিলে। পাখিগুলো একটু আগেই ফিরে এসেছে নিজের নিজের থাকার জায়গা অধিকার করতে।

পিসীর ঘরের নানান রকম জিনিস ঘাঁটতে ঘাঁটতে অনেকটা সময় কেটে গেল। ঘড়িতে ন'টা বাজতেই রাতের খাবার হাজির। বাসন কোসন তুলে নিয়ে

গেল সুভদ্রা। কিছুক্ষণের মধ্যেই গোটা বাড়িটা নিস্তব্ধ হয়ে গেল। চাইমিং ক্লকটা মাঝে মাঝে নিস্তব্ধতা খান খান করে দিচ্ছে। বিশু যে কখন ঘুমিয়ে পড়েছিল জানে না।

হঠাৎ সুমন্ত্রের চাপা আওয়াজ কানের মাঝে শুনতে লাগল বিশু। এবার ঘাবড়ালো না বিশু, ধৈর্য্য ধরে সবটা শুনল। সুমন্ত্র তো বলেই ছিল আজ আসবে। বিশুর চোখে সকালের প্রথম রোদ্দুরের স্পর্শ লাগল। আজকের সকালটা অন্যরকম লাগছে বিশ্বম্ভরের। মনে হচ্ছে সে এখন অনেক জানে।

সুমন্ত্র তাকে অনেক কথা জানিয়ে গেছে অতীতের। এখন তার কাজ করার পালা। সামনের জানালায় একটা মাকড়সা জাল বুনেছিল পোকা ধরবার জন্যে। একটা প্রজাপতি ধরাও পড়ল। কিন্তু ফড়ফড় করতে করতে সে মাকড়সার জাল কেটে বেরিয়ে গেল।সুমন্ত্রের কথা মনে হল , বিশু কি পারবে তাকে উদ্ধার করতে?

নুটুকাকার আওয়াজ মনে হল না ? হ্যাঁ নুটুকাকাই ডাকছে তাকে নীচে যাওয়ার জন্যে। নৃসিংহ রায়কেশরীর প্রমাণ সাইজের তেল রঙ্ এর ছবিটা যে দেওয়ালে, সেখানে দাঁড়িয়ে নুটবিহারী বিশুকে ডাকছিল। বাড়িতে তখন কেউ নেই আর বাইরে শালিকগুলো ঝগড়া করছে। কাঠবিড়ালীগুলো সারাক্ষণ কিছু না কিছু অনুসন্ধান বা গবেষণায় ব্যস্ত।

"বল", বলে সিঁড়ি দিয়ে নীচে নামতে থাকে বিশু। "কাল রাতে কারো সঙ্গে কথা বলছিলে মনে হল। রাতে আর আসিনি। শোনার ভুলও হতে পারে ভেবেই ঘরেই ছিলাম।" "না নুটুকাকা তুমি ঠিকই শুনেছ। সুমন্ত্র এসেছিল, তার সঙ্গেই কথা বলছিলাম।" বিশু বললে।

"কি নাম বললে? সুমন্ত্র? মানে আমার ছেলে? সে তো কবেই হারিয়ে গেছে! " নুটবিহারীর গলার স্বরে বিস্ময় ও দুঃখ। "হ্যাঁ সুমন্ত্র. তোমার ছেলে সুমন্ত্র। আমার ছেলেবেলার বন্ধু সুমি। তবে আমাদের মত শরীরে নয়, অন্যরকম শরীরে।" বিশুর গলায় উত্তেজনা।

"মানে", চোখ কপালে উঠল নুটুকাকার। তাই দেখে বিশু বলে, "বলছি।" বলে নৃসিংহের ছবিটা ধরে মারল একটা টান। "আরে কর কি, কর কি? কত্তাবাবুর ছবিটা নষ্ট হয়ে যাবে যে।" অসীম বিরক্তিতে বিশু বলে উঠল," তোমার এই কর্তাভজা মনোভাবের জন্যেই সুমন্ত্রের দেখা তুমি পাও না। তোমার ঐ কর্তাবাবুটি ছিলেন এক নম্বরের হিংসুটে, কুটিল লোক। তোমার ছেলে বাঁচল আর তাঁর নাতনি মারা গেল, এটা তিনি সহ্য করতে পারেন নি।"

"কি যা' তা' বলছ তুমি ?" কথা না বলে দেওয়ালের যে জায়গাটায় নৃসিংহের ছবিটা ছিল সেই জায়গাটা দেখিয়ে বিশু বলে ওঠে, " যা' তা' বলছি না। পরে সবই জানবে। এবার দেখ ঐখানে।"

নুটবিহারী অবাক বিস্ময়ে দেখল দেওয়ালের গায়ে সিঁধোনো একটা দরজা। পিছনে নিশ্চয়ই চোরকুঠুরি আছে। "এখন ধর তো ছবিটা, যেমন ছিল তেমন রাখি। সুভদ্রা এসে পড়বে। যা' করার রাত্তিরে করব। টর্চ আছে তো?"

বিশুর উত্তরে নুটু বলে," আছে। হ্যারিকেনও আছে। শাবল কুড়ুল যা লাগবে সবই আছে। কিন্তু সুমন্ত্রের ব্যাপারটা....?"

সামনের দরজায় খট্ খট্ আওয়াজ হতেই নুটুকাকা স্বর নামিয়ে বলে, " যাচ্ছি তাহলে। দেখি কে এল এত সকালে।"

দরজাটা খুলতেই নুটবিহারী দেখল সামনেই জটাম্বুপাদ অবধূত ত্রিশূল হাতে দাঁড়িয়ে।

"তুমি এসময় কি মনে করে?" জটাম্বুপাদকে বরাবরই সহ্য করতে পারে না। দেখলেই একটা বিজাতীয় বিরক্তি আসে। কর্তাবাবুর সঙ্গে কি যে ফুসুর ফুসুর করত লোকটা ! ক্ষমতা তো বিন্দুমাত্র নেই তবু নিজেকে বড় তান্ত্রিক বলে জাহির করে। শ্মশানে থাকলেই যদি তান্ত্রিক হওয়া যেত তাহলে তো সব ডোমই তান্ত্রিক!

"তোমাদের একমাত্র ওয়ারিশনের সঙ্গে দেখা করতে এলাম। সেদিন তো উকিলবাবু এসে পড়ায় ভাল করে কথা বলতে পারি নি। তাই ভাবলুম আজ একটু আলাপ করে যাই।"

নুটু বলে,” না, তিনি এখন ব্যস্ত। দেখা হবে না।” এই বলে দরজাটা অবধূতের মুখের ওপর দড়াম্ করে বন্ধ করে দিল নুটবিহারী।

“শয়তান কোথাকার”, মনে মনে ভাব নুটু।

“বেশ, সময়ে বুঝবে।” হুমকি দিয়ে ফিরে গেল জটাম্বুপাদ, সঙ্গে কম্পমান প্রকম্প।

“তখনি বলেছিলাম বাড়িটা ফাঁকা থাকতে থাকতেই কাজটা সেরে ফেলি। তুই হতভাগা আজ করব, কাল করব বলে দেরী করিয়ে দিলি। এখন বোঝ ঠ্যালা।” গজ্ গজ্ করতে করতে অবধূত শ্মশানে ফিরে গেল।

সব শুনল বিশু ভেতর থেকে। এখনতো ও সবই জানে সুমন্ত্রের মারফত।এখন কেবল অপেক্ষা । রাত হলেই চোরকুঠুরির দরজাটা খুললেই প্রমাণ হয়ে যাবে সুমন্ত্রের কথাগুলো সত্যি কি না ! খালি একটা কথা সুমন্ত্র বলেনি, বলেছে দেখা হলে বলবে। অধীর অপেক্ষায় বিশ্বম্ভর, কখন রাত হবে !

শিবশঙ্কর ও গুরুদেব

হরিদ্বার আর ঋষিকেশের মাঝে একটা ছোট্ট সুন্দর আশ্রমে শিবশঙ্করের গুরুদেব ধ্যানস্থ ছিলেন।

কাছেই বসেছিলেন শিবশঙ্কর, চেনা যায় না তাঁকে। সন্ন্যাস আশ্রমের নাম শিবানন্দ পুরী। জটাজুট অবস্থায় প্রত্যাহারে ছিলেন।

গুরুদেব চোখ মেললেন, " শিবানন্দ, তোমার যাওয়ার সময় হয়ে এল। কাল প্রত্যুষে রওনা দিতে হবে তোমায়। যা যা বলেছি ঠিক্ ঠিক্ মনে রেখো। কার্য্যি সমাধা হলেই সত্বর চলে আসবে। সাধনার বাকিটা তখন সারতে হবে এখানে বসে। প্রথমে কাশী যাবে। সেখানে মা অন্নপূর্ণার মন্দিরে এক সাধিকার দর্শন পাবে। তিনিও ফেরবার জন্যে উন্মুখ। তোমাকে সঙ্গী পেলে তিনিও যাত্রা করবেন। গন্তব্যস্থল তোমাদের একই।" একথা বলে কিছু পথখরচ শিবানন্দের হাতে তুলে দিলেন গুরুদেব। শিবানন্দ অনিচ্ছা সত্ত্বেও উঠে দাঁড়ালেন। গুরুদেবের আদেশ, যেতেই হবে তাঁকে। এতে না কি তাঁর সংসারের শেষ মায়ার টান কেটে যাবে। তারপর হবে তাঁর নিরবচ্ছিন্ন সাধনা, যার জন্যে তিনি ঘরছাড়া।

সাধনায় যদিও তিনি বেশ অগ্রসর হয়েছেন তবে সমাধি পাদটা বাকি। গুরুদেব ত্রিকালজ্ঞ, শিষ্যের খারাপ ভাল সব বোঝেন তিনি। হাত বাড়িয়ে আশীর্বাদ করলেন শিবানন্দকে । তাঁর মনে হল যেন তিনি কোন অজানা শক্তির বলে বলীয়ান হয়ে উঠলেন। প্রণাম করে রওনা দিলেন শিবানন্দ বা পূর্বাশ্রমের শিবশঙ্কর মানে বিশ্বম্ভরের বাবা।

যখের সন্ধান

সুভদ্রা রাতের খাবারটা দিয়ে গেল। বেশ রাঁধে সুভদ্রা। বিশু চেটে পুটে খেলে। ভাবে সুনয়নীও রান্নাটা মায়ের কাছে বেশ ভাল রপ্ত করেছে। অনেকদিন হয়ে গেল দেখা হয় না তার সঙ্গে। ভেবে বিশুর মনটা ভারি হয়ে উঠলো। যাক্ গে আর ক'টা দিন মাত্র ! এঁটো বাসনগুলো নিয়ে গেল সুভদ্রা। রাতের জন্যে জলভরা গেলাসটাও রেখে গেল। কিছুক্ষণের মধ্যেই বাড়িটা নিঃঝুম হয়ে গেল।

আরো কিছুক্ষণ অপেক্ষা করে বিশ্বম্ভর নিচে নেমে এল। নুটুকাকার ঘরের দরজায় টোকা মারতেই নুটুকাকা বেরিয়ে এল। হাতে টর্চ আর লন্ঠন। হাতে ছোট শাবলের মত যন্ত্র।বললে,"চল।"

নৃসিংহের ছবিটার কাছে আসতেই বিশুর মনে হল নৃসিংহের চোখদুটো যেন জ্বলছে। মনের ভুল এই ভেবে সে আর নুটবিহারী ছবিটা সরিয়ে ফেলল। এবার সেই লোহার ছোট দরজাটা শাবল দিয়ে চাড় দিতেই একটা ভৌতিক আওয়াজ করে খুলে গেল। দুজনেই উত্তেজনায় হাঁপাচ্ছে। কি আছে ভেতরে ?

আলোটা তুলে ধরল নুটবিহারী, কিছুই দেখা যায় না ভাল করে।

বিশু টর্চের আলোটা ফেলতেই চোখের সামনে দেখতে পেল ছোট ছোট ধাপওয়ালা সিঁড়ি অন্ধকারে মধ্যে সেঁধিয়ে গেছে। বিশুর আর তর সয় না।

শরীরটাকে বেঁকিয়ে ছোট দরজাটা দিয়ে ঢুকে পড়ল, পিছনে নাটুকাকা। সিঁড়ি দিয়ে নামতে নামতে দেখল নিচে সমতল জায়গা। সেটা বাঁক খেয়ে ডানদিকে চলে গেছে গলিপথ হয়ে। অতি সন্তর্পনে নামতে লাগল দুজনে। বহুদিনের পরিত্যক্ত জায়গা, ভ্যাপসা গন্ধ। গলিপথটা সোজা গেছে একটা চতুস্কোণ ঘরের ভেতর।

আলোটা ঘুরিয়ে ফেলতেই বিশু দেখতে পায় সারি সারি সিন্দুকের মত বাক্স। বাক্সগুলো যেন একটা ফাঁকা জায়গাকে গোল হয়ে ঘিরে আছে। উঁকি মেরে যা দেখল বিশু তাতে তার হাড় হিম হয়ে গেল ।

মাঝের জায়গাটায় একটা দশ বার বছরের ছেলে বসে আছে। মাথার সব চুল সাদা। শরীরের অঙ্গপ্রত্যঙ্গে কোন মাংস বলে বস্তু নেই , শুধু হাড়। বিশু কোনক্রমে নিজেকে সামলে চেয়ে দেখল তার শরীরে পায়ের পাতা দুটো গোছের তলা থেকে নেই। আর মাথাটা মড়ার খুলির মত হয়ে গেছে, শুধুই যেন করোটি আর তার মধ্যে থেকে ধক্ ধক্ করে জ্বলছে প্রচণ্ড আক্রোশে জ্বলছে লাল দুটো চোখ।

বিশুদের দেখে চোখের তেজটা একটু কমল। শীর্ণ হয়ে যাওয়া সেই ভয়ঙ্কর মূর্তি দেখেও ভয় পেল না নুটবিহারী। এ তো তারই সেই হারিয়ে যাওয়া ছেলে

সুমন্ত্র! "সুমন্ত্র ", বলে নুটুকাকা এগিয়ে যেতেই মূর্তি বলে উঠল," না,না, আর এগিও না । আমায় ছুঁলেই নিশ্চিত মৃত্যু।"

বিশু কোনক্রমে নুটবিহারীকে ধরে ফেলল। মূর্তি বলতে শুরু করল," এই সিন্দুক গুলোর মধ্যে সোনার মোহর, হীরে, জহরত ভর্তি। কিন্তু কেউ নিতে পারবে না। আমায় যখ করে রেখেছে ঐ নৃসিংহ রায় কেশরী অবধূতের সাহায্যে। আমি এখান থেকে সরে গেলে তবে এই ধনরত্ন কেউ পাবে।"

" ধনরত্নের দরকার নেই, সুমন্ত্র! তোকে পেতে চাই আমরা" বিশুর গলায় বন্ধুত্বের দরদ!

"সে আর হবার নয় বন্ধু। আমাকে আর ফিরে পাবে না তোমরা। শুধু আমার মুক্তির ব্যবস্থা কর তোমরা।"

কথাটা শুনে হাউ হাউ করে কেঁদে ফেলল নুটবিহারী। হারিয়ে যাওয়া ছেলেটাকে কোনদিন ভাল করে আদর করার সময় পায় নি সে। সারাক্ষণ কর্তার খিদমত খেটে গেছে। আর আজ চোখের সামনে দেখতে পেলেও তাকে জড়িয়ে ধরে আদর করতে পারছে না। বুকফাটা যন্ত্রণা।এ কি অসম্ভব জ্বালা।

" শোন্ বিশু আর বেশি সময় নেই। অবধূত আর তার চ্যালা উঠে পড়ে লেগেছে এই গুপ্তধন উদ্ধারের কাজে। অনেক রকম উৎকট সাধনায় লেগেছে সে।

এবার তোদের দুজনের চরম অনিষ্ট করতে পারলেই তাদের উদ্দেশ্য সিদ্ধ হবে।"

"কি করলে তুই মুক্তি পাবি বল্ সুমন্ত্র ? " বিশু আশার আলো দেখতে চায়।

"আমি যাতে চলা ফেরা করতে না পারি, এখান থেকে পালাতে না পারি তাই আমার দু' পায়ের পাতা দুটো কেটে নিয়ে ভীমকঙ্কালী তলার শ্মশানে শ্যাওড়া গাছের কাছে কয়েক হাত মাটির নিচে মন্ত্র পড়ে পুঁতে রেখেছে। সেটা পাহারা দেওয়ার জন্যেই ওরা শ্মশানে নিজেদের ঘাঁটি গেড়েছে।

কাল কৃষ্ণাচতুর্দশীর রাতে ওরা পায়ের পাতার হাড়গুলো বার করে যক্ষনিধন যজ্ঞ করবে যাতে আমি আমার অস্তিত্ব হারিয়ে ওদের দাসত্ব করি পিশাচ হয়ে। "

"এতদিন করে নি কেন ? " বিশু প্রশ্ন করে।

"ওরা ভেবেছিল আমি ওদের বশে হয়ে গেছি। সুবিধে বুঝে ধনরত্ন নিয়ে পালাবে।

অনেক বার চেষ্টাও করেছে কিন্তু বাবার জন্যে পারেনি। এখন অন্য রাস্তা নিচ্ছে।

ওদের আগে যদি কাল রাতে তোরা ঐ পায়ের পাতার হাড়গুলো এখানে নিয়ে আসতে পারিস্ আমি এখান থেকে মুক্তি পাব। শক্তি আমারও এসে গেছে এত বছরে। তবে সাবধান ! ওরা এখন মরিয়া! তোদের প্রাণ চলে যাওয়ার ভয় আছে ওদের হাতে।" মূর্তি বলে।

" সে তোকে ভাবতে হবে না। এখন আমরা যাচ্ছি, কাল ঠিক সময় আসব।"

এই বলে বিশু নুটুকাকাকে বগলদাবা করে বেরিয়ে এল সুঁড়ঙ্গ থেকে। হলঘরের ছবিটা ঠিক করতে করতে দুজনে দুজনের দিকে তাকিয়ে রইলো। কেউ কোন কথা বলতে পারল না। বিশু নাটুকাকার পিঠে আলতো করে চাপ দিয়ে বলল," সব ঠিক হয়ে যাবে। খালি শ্মশানে আমায় শ্যাওড়া গাছটা দেখিয়ে দিও আর মাটি খোঁড়ার সরঞ্জাম যেন ঠিক করে রেখো। মাটি কোপানোর অভ্যাস আমার আছে নুটুকাকা।"

শিবানন্দ ও সাধিকা

কাশীতে মা অন্নপূর্ণার মন্দিরে এক প্রৌঢ়া সাধিকা করজোড়ে দেবীমূর্তির দিকে তাকিয়ে বসে আছেন। শিবানন্দ ধীরে ধীরে এগিয়ে এলেন। সাধিকা শিবানন্দের দিকে তাকিয়েই বলে উঠলেন, "বাবা পাঠালেন তো আমায় নিয়ে যেতে ?" "হ্যাঁ", শিবানন্দ বুঝলেন গুরুদেব আগেই তাঁর আগমন বার্তা পাঠিয়েছেন। "চলুন মা, গাড়ি তৈরী ।"

দুজনে টাঙ্গায় চড়লেন স্টেশনের উদ্দেশ্যে। সাধিকা হাতদুটো কপালে ঠেকালেন গুরুদেবের উদ্দেশ্যে। টাঙ্গা রওনা দিল।

ভীমকঙ্কালী তলার শ্মশান

প্রায় তিন চার হাত খোঁড়া হয়ে গেছে শ্যাওড়া গাছের তলাটা । বিশুর অভ্যস্ত হাতে বেশিক্ষণ লাগেনি। আকাশে কৃষ্ণাচতুর্দশীর ক্ষীণতম চাঁদ।

সবই আবছা অন্ধকারে ঢাকা। নুটুকাকার সাহায্যে কাজটা সমাধা প্রায় হব হব। আর একটু, ব্যস্ এবার সুমন্ত্রের অস্থির খোঁজ পাওয়া যাবে। এমন সময় কোদালটা যেন একটা শক্ত জিনিষের গায়ে লেগে ফিরে এল। বিশু বুঝল সঠিক জায়গায় ঘা পড়েছে !

অন্ধকারে দুটো ছায়ামূর্তি এগিয়ে এল। লন্ঠনের আলোয় দেখা গেল একজনের পরণে রক্তাম্বর, হাতে ত্রিশূল। চিতার নিবু নিবু আলোয় তার চোখ দুটো যেন জ্বলছে। "খবরদার বলছি, খোঁড়াখুঁড়ি বন্ধ কর। " অবধূতের গলায় বিক্রম।

"না, কখনই না। সুমন্ত্রের পায়ের অস্থি আমরা বার করবই।" বিশু ও নাটুকাকা প্রায় একইসঙ্গে বলে ওঠে।

"হাঃ হাঃ হাঃ হাঃ", বিকট শব্দ করে হেসে ওঠে অবধূত। "আমার এতদিনের স্বপ্ন, যা করবার আমিই করব।" বলে ত্রিশূলটা নিয়ে তেড়ে এল বিশুর দিকে। হতভম্ব বিশু কিছু বলার আগেই দেখল ত্রিশূলের ফলা তিনটে তার বুকের ওপর।

এই বুঝি সব শেষ ! অবধূতের হাতে মৃত্যু অবধারিত। হঠাৎ শ্মশান কাঁপিয়ে হুংকার এল, "আর একতিল এগোবে না জগৎ।"

দেখা গেল জটাজুটধারী এক সন্ন্যাসী বলছেন। বলেই তিনি তাঁর কমণ্ডুলুর মন্ত্রপুত জল তিনবার ছিটিয়ে দিলেন অবধূতের গায়ে। অবধূতের লম্ফ ঝম্প কোথায় মিলিয়ে গেল এক লহমায়। অবসন্ন হয়ে মাটিতে লুটিয়ে পড়ে সে। ততক্ষণে মশাল জোগাড় করে ফেলেছে নুটুকাকা। গর্তের ভিতর বিশ্বম্ভর আর সেই গর্তের কাছেই পড়ে আছে অবধূত বা ওরফে জগৎ। একদম জড়ভরত হয়ে গেছে সে। বিশু দেখল এক বৃদ্ধা মহিলা সাধিকার বেশে হন্তদন্ত হয়ে ছুটে এলেন।

সন্ন্যাসী বলে উঠলেন," মা সহস্রতিলক , এই হল তোমার আর নৃসিংহের সন্তান। সত্য কখনও চাপা থাকে না। ছোটবেলায় যে হারিয়ে গিয়েছিল রাজপ্রাসাদের বাইরের জঙ্গলে। এখন তোমার ছেলেকে তুমি নিয়ে যাও। তোমার সেবায় ও ক্রমে সুস্থ হয়ে উঠবে। তারপর আমি এসে নিয়ে যাব আসল সাধন শেখাতে।" এই বলে তিনি বিশুর দিকে

তাকিয়ে বললেন, " চিনতে পারছিস্ না আমায়? আমি পূর্বাশ্রমের শিবশঙ্কর, তোর বাবা। এখন সুমন্ত্রের অস্থি বার করে এই জলে ধুয়ে ওর কাছে নিয়ে যা। ও এবার মুক্তি পাবে। এরা যথেষ্ট সাজা পেয়েছে। "বাবা, আপনি সব জানতেন ?" বিশুর প্রশ্নের উত্তর দেন শিবানন্দ, " না, গুরুদেব যথাসময় বলে দিয়েছেন। যাও নুটুবাবুকে নিয়ে সুমন্ত্রের শেষ কাজটা কর।"

পরিশেষ

যখন সোনালী ধানের ক্ষেতে হাওয়া বয় তখন মনে হয় যেন ওরা কিসের ছন্দে নাচছে আর যার হাতে ওরা তৈরী তার বুকটা অনির্বচনীয় আনন্দে ভরে ওঠে। বিশ্বম্ভরকে এখন নিজে হাতে চাষ করতে হয় না। অনেক খেটেছে সে জীবনে কিন্তু টাকা জমাতে পারে নি। খরচা ছিল তার নিত্য সঙ্গী। পিসীর সম্পত্তি পাওয়ার পর সুনয়নীকে জিজ্ঞেস করে কি করবে এত টাকা নিয়ে ?

বিশুকে অবাক করে সুনয়নী বলে যে অনেক দুঃস্থ লোক আছে গ্রামে। তাদের জন্যে ইস্কুল, হাসপাতাল, দাতব্য চিকিৎসার ব্যবস্থা করে দিতে হবে। বিশু ভাবে , অল্প থাকলে লোকে চাই চাই করে, বেশী থাকলে তখন পরের কথা ভাবে। তবে একটা জিনিষ বিশু ফিরে এসেই সুনয়নীকে করে দিয়েছে।

সেটা হল রাখালকাকুর দোকান থেকে একজোড়া সোনার বালা এনে সুনয়নীর হাতে পরিয়ে দিয়েছে সে॥

www.ingramcontent.com/pod-product-compliance
Lightning Source LLC
LaVergne TN
LVHW041112150826
845673LV00007B/2019

* 9 7 9 8 8 9 6 7 3 5 3 9 7 *